Choix
de
Rondes à danser,
anciennes et nouvelles.

Paris,
Chez F. Louis, Libraire,
rue Hautefeuille, n.° 10.

CHOIX

DE

RONDES A DANSER.

IMPRIMERIE DE FAIN, PLACE DE L'ODÉON.

CHOIX

DE

RONDES A DANSER,

ANCIENNES ET NOUVELLES.

PARIS,

CHEZ FRANÇOIS LOUIS, LIBRAIRE,

RUE HAUTEFEUILLE, Nº. 10.

1822.

CHOIX

DE

RONDES A DANSER.

~~~~~~

LE PREMIER JANVIER.

Air : *Ah! le bel oiseau, maman !*

Quand vient le premier
Janvier,
Un usage
Sage
Engage
A se faire des présens
Entre amis, entre parens.

D'abord on va le matin,
Chacun ici me devine,
Présenter un diablotin
A sa gentille voisine.
Quand vient, etc.

1822.

Et puis chez des ennuyeux,
Pour bien commencer l'année,
En faisant pour eux des vœux,
On ment toute la journée.
Quand, etc.

Qu'il est joyeux cet enfant !
Il possède une merveille ;
C'est un lit complet, charmant
Qu'il tient dans une corbeille.
Quand, etc.

Là, pour se désennuyer,
Clara, quoique maladroite,
Place son ménage entier
Dans une petite boite. Quand, etc.

L'un, voulant faire un cadeau
A l'enfant de femme aimable,
Achète un très-beau château
Qu'il pose sur une table. Quand, etc.

Un autre, moins généreux,
Donne à la petite Nice,
Qui désire un amoureux,
Un homme de pain d'épice. Quand, etc.

Quand sa cousine paraît,
Léon va, sans préambule,
Prendre le cabriolet
Qu'elle a dans son ridicule.
Quand, etc.

L'amant timide et discret,
Qu'on trouve beau comme un ange,
Fait présent à son objet
D'un cœur à la fleur d'orange.
Quand, etc.

La femme d'un vieux jaloux
Ce jour-là, sans conséquence,
Peut donner à son époux
Une corne d'abondance. Quand, etc.

Allez-vous chez des auteurs,
Vous admirez à votre aise
Un théâtre, des acteurs
En scène sur une chaise. Quand, etc.

Là, c'est un enfant malin
Qui, pour attraper sa mère,
Fait sortir un capucin
Du fond d'une tabatière. Quand, etc.

Plus loin., le petit garçon
Bien joyeux, on peut le croire,
S'en va loger sans façon
Son cheval dans une armoire.
Quand, etc.

Quand le vieux Roch, à son tour,
Voit venir Rosette ou Barbe,
Il lui donne... le bonjour
Et l'étrenne de sa barbe.
Quand vient le premier
Janvier,
Un usage
Sage
Engage
A se faire des présens
Entre amis, entre parens.

BELLE.

EH! ALLONS DONC.

AIR : *Et lon lan la landerirette.*

Ne sachant quell' chanson faire,
Je m' trouvais dans l'embarras,
Quand tout à l'heure un confrère
En riant me dit tout bas :
Eh! allons donc, vous n'allez guère,
Eh! allons donc, vous n'allez pas.

Loin d' moi la sagesse austère,
Avec ellé on ne rit pas;
Franch' gaité, bon vin, bonn' chère,
Vous qui m'offrez tant d'appas! Eh! etc.

Dans l' bois gentille bergère
Près d' Colin fit un faux pas;
Mais bien loin d'être en colère,
Sur l'herbe ell' disait tout bas : Eh! etc.

Qu'on m' propose un verr' de bière,
J' dis merci, je n'en bois pas;
Mais qu'on m'offre du Madère,
J' réponds en allongeant l' bras : Eh! etc.

I..

Il est d' certains militaires
Qui font beaucoup d'embarras ;
Ils sont vainqueurs... dans les guerres
Où l'on n' livre point d' combats ;
Mais aux Français on n' dit guères :
Eh ! allons donc, vous n'allez pas !

Fill' qui voudrait s' laisser faire,
Dit toujours : « Je n' le veux pas ; »
Novic's, qu'un' pareill' colère
Met souvent dans l'embarras :
Eh ! allez donc, etc.

La paix succède à la guerre
Comm' le printemps aux frimas ;
Soldats d'un' terre étrangère,
Qui r'tournez dans vos états,
Eh ! allez donc, etc.

Pour sout'nir mon caractère,
Lorsque j'aurai sauté l' pas,
Que n' puis-je, allant au cim'tière,
Chantonner encor tout bas :
Eh ! allez donc, vous n'allez guère,
Eh ! allez donc, vous n'allez pas.

Pierre Tournemine,

LA P'TITE ISABELLE.

L'autre jour, la p'tite Isabelle,
D'grand matin courait seule au bois;
Un gros loup s'en vint autour d'elle...
V'là qu'la peur la met aux abois!
A mon s'cours v'nez-vous-en ben vite!
A mon secours! dit-elle en tremblant...
  Ah! pauvre p'tite,   (bis.)
  Queu tourment!
Son amant est là qui la guette;

Récité.

V'là qu'il accourt ben vite, et pis qu'i' li dit :
  A c' lieu dangereux
V'là c'que c'est que d'aller seulette ; } 4 fois.
Non, mam'selle, il faut aller deux.

L' loup s'enfuit; la p'tite Isabelle
N'a pas peur comme auparavant.
L' gros Lucas, restant auprès d'elle,
Sait ben profiter du moment.
« Ah! monsieu! quoi'c'qui vous agite?
» Ah! monsieu! qu'est-c' qu'aurait dit ça?»

La pauvre p'tite
S' désola!
Sa maman surprit la pauvrette...

Très-vite.

All' fut si ébahie, si ébahie!... et moi j' sais ben

Qu'est-c' qui fut honteux!
Si l'on risque d'aller seulette,
On risque encor plus d'aller deux.

Une aut' fois la p'etite Isabelle
Rencontrit encor son amant;
All' s'enfuit... il court après elle;
All' craignait par trop sa maman :
« Ah! monsieu! sauvez-vous bien vite!
» Monsieu! si maman voyait ça!
» — Non, non, ma p'tite,
» J' rest'rai là.... »
L'Amour paraît sous la coudrette...

Très-vite.

All' fut saisie d'une peur terrible; mais l'Amour li dit ben
poliment :

« Quand on vat' au bois,
» Pour n'aller ni deux ni seulette,
» L'Amour vient, ça fait qu'on est trois. »

LE COUSIN JACQUES.

THOMAS.

C'est le biau Thomas,
Qu'est passeu de not' rivière;
Les amans n' l'aiment pas
Et les mamans n' l'aiment guère.
S'il passe un garçon :
« Vit', payez-moi donc. »

« Allons, allons, payez-moi et entrez. — « Un instant,
Monsieur Thomas, vous qui êtes si poli d'ordinaire ! —
Payez, ou sinon ! — Eh ! v'la votre paiement. »

Mais il passe gratis les filles,
Quand elles sont jeunes, gentilles.
Thomas, vraiment,　⎱ *Bis en chœur.*
Est accommodant.　⎰

Avec sa maman
Alix arrive au passage;
La barque, à l'instant,
Touche et s'éloign' du rivage :
Alix dans l' bateau,
La mère au bord d' l'eau :

« Monsieur Thomas, Monsieur Thomas, vous m'oubliez.
— L' courant m'entraîne ; je reviendrai. — Ma fille ! ma
fille ! — Ell' n' court aucun risque. — C'est indigne, c'est
indigne. »

Tout ça s'arrange de la sorte
Qu' la fill' et la mèr' s'emporte.
Thomas, vraiment,
Est accommodant.

Il touche l'aut' bord,
Et revient chercher la mère ;
On sent ben qu'd' abord
Ell' n' pouvait parler d' colère ;
Mais en arrivant :
« T'nez, v'là votre argent.

« Allons, prenez, que j'aille rejoindre ma fille. — Comm'
vous m' r'gardez ! — Prenez donc, mauvais sujet. — Mais
la mère... — Pourquoi r'fusez-vous cet argent ? — C'est que

Vot' fill', qu'est aussi bonn' que belle,
A payé pour vous et pour elle.
Thomas, vraiment,
Est accommodant.

PUJOULA (Cadichon).

LES CHARMES DE LA DANSE.

AIR : *Rien n'est comparable.*

Vite qu'on s'assemble
Sur le vert gazon
    En rond ;
Dansons tous ensemble
Un gai rigodon.
En tout temps la danse
Mit le genre humain
    En train ;
L'on goûte en cadence
Un plaisir divin.

Des attraits, des grâces,
Soyons les amis
    Soumis.
Volons sur les traces
Des jeux et des ris. En tout temps, etc.

De la politique
Laissons là les sots
    Propos.

Sans terreur panique
Goutons le repos. En tout, etc.

Jeunes pastourelles,
Pour couler beaux jours
Toujours,
Montrez-vous fidèles
Au dieu des amours. En tout, etc.

Dans les séjours sombres
Si nous débarquons,
Jurons
Qu'avec nous les ombres
Danseront des ronds. En tout, etc.

Beauté brune ou blonde,
A l'air agaçant,
Gaiment
Couronnons la ronde
En vous embrassant !
En tout temps la danse
Mit le genre humain.-
En train.
L'on goûte en cadence
Un plaisir divin.

F. DE LA VILLETHASSETZ.

LE MAGNÉTISME.

AIR : *Ah ! le bel oiseau, maman !*

POUR déjouer les effets,
Les effets du magnétisme,
D'une femme les attraits
Sont des remèdes parfaits.

Lise me dit : « Mon ami,
Connais-tu le magnétisme ? »
— Oui; mais il est aujourd'hui
Frère du charlatanisme. Pour, etc.

Ce fluide merveilleux
D'endormir a la puissance ;
Mieux que lui, que de fâcheux
D'ennuyer ont la science ! Pour, etc.

Un docteur peut, je le sais,
Endormir qui l'environne ;
Mais les Grâces n'ont jamais,
Jamais fait bâiller personne. Pour, etc.

Dormez , bavards et jaloux,
Pour le bonheur de la terre!
Magnétisme, endors-les tous !
On les déteste à Cythère.
Pour , etc.

Les Amours ont de tout temps
Fait le charme de la vie.
Moi, je veillerais cent ans
Près d'une femme jolie.
Pour , etc.

Si vous sentez que sur vous
Ce fluide-là s'obstine ,
Donnez un baiser bien doux
A votre aimable voisine.
Pour déjouer les effets ,
Les effets du magnétisme,
D'une femme les attraits
Sont des remèdes parfaits.

A. GILB.... (de l'Orient.)

LES TRIBULATIONS.

Vous, qui n' connaissez pas l'amour,
  Restez toujours de même.
On est tourmenté nuit et jour,
  Dès le moment qu'on aime :
C'est le plus grand de tous les maux.
Qu'a ben d' l'amour n'a point de r'pos,
Qu'a ben d' l'amour n'a point de r'pos ;
  Je l'sens ben par moi-même.

J'aimons la fille de Lucas,
  Mais je n' saurions li plaire.
Quand j' la trouve ell' n' me r'gard' pas,
  Moi, j' regarde par terre ;
En tremblant, j'ôte mon chapiau.
Qu'a ben, etc.

La premièr' fois qu' j' la vis au bois,
  Je m'enflammis pour elle ;
Excepté quand j'mauge ou je bois,
  Ell' m' trotte dans la cervelle ;
Ell' me f'ra descendre au tombeau.
Qu'a ben, etc.

Tout l' mond' sait ben dans le hameau
   Qu' j' n'ai pas la bouche close :
Pourtant, quand j' rencontre Isabeau,
   J' voudrais parler, mais j' n'ose ;
J' rest' là planté comme un poteau.
Qu'a ben, etc.

Ma foi, puisqu'ell' n' veut pas m'aimer,
   Il faudra que j'en meure.
Ell' rira de m' voir enterrer ;
   Moi, d'avance j'en pleure.
Ell' s'ra cause de ben des maux.
Qu'a ben d' l'amour n'a point de r'pos,
Q'u'a ben d' l'amour n'a point de r'pos ;
   Je l' sens ben par moi-même.

VA COMME IL POURRA.

JE ris de l'économie ;
Je me plais aux bons repas.
Aujourd'hui nous sommes en vie,
Demain nous n' le serons pas.
Va comme il pourra, larirette !
Paîra qui voudra, larira !
Tant que nous boirons,
Nous tiendrons bon,
Falira, falira, falirette !
Va comme il pourra, larirette !
Paîra qui voudra, larira !

Ami, le train que tu mènes
Ne saurait durer long-temps ;
Tu manges en deux semaines
Tout le revenu d'un an.
Va comme il pourra, etc.

Ma femme dit en colère :
« J'ai quatre enfans sur les bras ; »
— « Eh bien ! pose-les par terre,
Tu t'en débarrasseras. » Va comme, etc.

2..

— « Tes enfans, maudit ivrogne.
Dis-moi, qui les nourrira? »
— « Donne-leur le fouet, mignonne,
L'appétit leur passera. »
Va commme il pourra, etc.

Mes parens s'en font accroire,
Disant que j' mange mon bien;
Mais je ne fais que le boire,
Mes parens le savent bien.
Va comme il pourra, larirette!
Paîra qui voudra, larira!
Tant que nous boirons,
Nous tiendrons bon.
Falira, falira, falirette!
Va comme il pourra, lärirette!
Paîra qui voudra, larira!

MON VRAI BONHEUR.

AIR du Carillon de Dunkerque.

Pour moi mon vrai bonheur,
 D'honneur,
C'est de fêter Comus,
 Bacchus.
Mes amis, quand je boi,
Je suis plus heureux qu'un roi.
Que voit-on dans la vie?
Ou l'orgueil ou l'envie :
Du sort qui nous attend
On n'est jamais content.
C'est la marche suivie
Du sot, de l'important.
Pour moi, etc.

Qu'on aime la coquette
Qui vend, pour sa toilette,
Ses goûts, sa liberté,
Ses beaux jours, sa santé.
D'un cœur que l'on achète
Qui peut être flatté? Pour moi, etc.

Des succès du théâtre
Damis est idolâtre;
Mais d'un aigre sifflet
Il reçoit un soufflet;
Après, l'opiniâtre
Est mis dans maint pamphlet.
Pour moi, etc.

Dans la foule importune
Qui court à la fortune,
Combien ne voit-on pas
De gens doubler le pas!
Mais souvent, sans pécune,
On arrive au trépas.
Pour moi, etc.

Pour avoir des richesses
Qui coûtent des bassesses,
A tout on est dispos;
On en perd le repos.
Puis on fait des largesses,
Rarement à propos.
Pour moi, mon vrai bonheur,
   D'honneur,
C'est de fêter Comus,
   Bacchus, etc.

Des grandeurs qu'on implore
La soif est pire encore.
Voyez l'ambitieux
Et triste et soucieux;
Des honneurs il adore
L'attrait si captieux!
Pour moi, etc.

Poursuivre un vrai grimoire,
Ou la rouge ou la noire;
Aux joueurs palpitans
Causer cent contre-temps.
Vous conviendrez qu'à boire
On passe mieux son temps.
Pour moi, etc.

Nargue de la tendresse!
De l'amoureuse ivresse!
Un éternel désir
Peut-il être un plaisir?
Un doux lien vous laisse
D'ailleurs peu de loisir.
Pour moi, mon vrai bonheur,
     D'honneur,
C'est de fêter Comus,
     Bacchus, etc.

Le pilier de spectacle,
L'auteur sur le pinacle,
Sont bien loin d'être heureux ;
Ennuyés, ennuyeux ;
Puis des journaux l'oracle
Se déchaîne contre eux.
Pour moi, etc.

Du bonheur sur la terre
La trace est passagère ;
Tel, qui fait mille apprêts,
S'en croit souvent tout près.
Laissons donc le vulgaire
Toujours courir après.
Pour moi mon vrai bonheur,
    D'honneur,
C'est de fêter Comus,
    Bacchus.
Mes amis, quand je boi,
Je suis plus heureux qu'un roi.

Ducray-Duminil.

~~~~~~

LA PARESSE.

Air de walse.

C'est un péché que la paresse;
Pour le bien de l'humaine espèce,
Mes amis, travaillons sans cesse;
    C'est pour ça
    Que Dieu nous créa.

Paresseux dont abonde
La machine ronde,
Que serait le monde
Où vous reposez,
Si le premier père
Fût resté sur terre
Les deux bras croisés,
Ève employait de reste
La voix et le geste
Pour rendre plus leste
L'époux indolent;
Par philantropie,
Sa bouche jolie
Lui disait souvent:
C'est un péché, etc.

L'ottoman, le brachmane,
  L'active paysane,
  Même la sultane ,
  Sur son canapé,
Travaillent à la ronde ;
  Et dans ce bas monde
  Tout est occupé.
On travaille en Syrie,
  Dans la Sibérie,
  Et dans l'Illyrie ,
  Au mont Saint-Gotar ;
  On travaille en Chine,
  Dans la Palestine,
  A Madagascar. C'est un péché, etc.

L'or, les bijoux, les terres ,
  Ne sont que chimères.
  Le travail, mes frères,
  Vaut seul un trésor.
  Témoin ma Jeannette,
  Qui jadis simplette,
  Roule en un char d'or ;
Mais et dimanche et fête
  Travaillait Jeannette ;
  Même la pauvrette
  Travaillait la nuit.
  Car dans sa jeunesse,

Jadis à confesse,
Son curé lui dit :
C'est un péché, etc.

Lise à quinze ans s'ennuye,
Elle se confie
A sa bonne amie;
Car, nous a-t-on dit,
Est-on peu savante,
Cousine obligeante
Toujours vous instruit.
Si le chagrin vous mine,
Travaillez, cousine,
Lui dit la voisine;
Seule on peut, je crois,
S'occuper, ma chère,
Alors qu'on sait faire
OEuvre de ses doigts. C'est un, etc.

L'homme obtint d'un dieu sage
Cent dons en partage
Pour en faire usage.
Pour qu'il respirât
Le parfum aimable
D'une bonne table
Dieu fit l'odorat;
L'oreille pour entendre,

3

La bouche pour prendre
Baiser doux et tendre;
L'œil pour surveiller :
Si sa main céleste
Nous a fait le reste,
C'est pour travailler. C'est un , etc.

Qu'un orgueilleux sophiste,
Qu'un froid égoiste,
Dans un sommeil triste
Trouvent des appas;
Je plains leur folie;
Leurs yeux, ma Julie,
Ne te verront pas.
Oui, que l'Ennui sommeille;
Mais que l'Amour veille,
Et que sous la treille
Règne le Plaisir.
Quand on est sous terre,
On a bien, j'espère,
Le temps de dormir.
C'est un péché que la paresse;
Pour le bien de l'humaine espèce ,
Mes amis, travaillons sans cesse;
C'est pour ça
Que Dieu nous créa.

L'IGNORANCE.

Air connu.

Dans la paix et l'innocence
Lise gardait à vingt ans
Cette parfaite ignorance
Que n'ont plus tous nos enfans;
Elle vit trois fois Léandre ;
Trois fois elle soupira ;
Maman voulut la reprendre....
« Eh! ma mère, est-c'que j'sais ça? »

Son amant lui fit remettre
Un tendre et joli billet;
Lise lut, relut sa lettre,
Y répondit en secret.
Maman , toujours inflexible,
La surprit et s'emporta :
« Ah! ma fille c'est horrible! »
— « Eh! ma mère, est-c'que j'sais ça? »

Un beau soir, Léandre arrive;
Lise était seule au logis;
La pauvrette en vain s'esquive,
Se souvenant des avis.....
Il l'attrappe, et puis l'embrasse.
Maman tout à coup entra :
« Oh! ma fille, quelle audace! »
— « Eh! ma mère, est-c'que j'sais ça? »

Pour une autre fois Léandre
Lui propose un rendez-vous;
L'honneur défend de s'y rendre,
Mais l'accepter est si doux !
Il la trouva si novice,
Que le dépit s'en mêla :
« Ah! ma Lise, quel supplice! »
— « Eh! Léandre, est-c'que j'sais ça? »

LE COUSIN JACQUES.

JE N' SAURAIS.

L'autre jour sous une treille
Ma mie était près de moi ;
Bacchus me dit à l'oreille :
« Si tu veux suivre ma loi.... »
    — « Je n'saurais ;
Je chéris trop ma brunette ;
    J'en mourrais. »

Bacchus me dit à l'oreille :
« Si tu veux suivre ma loi,
Tu n'auras pas bu bouteille,
Que tu s'ras dieu comme moi. »
    — « Je n'saurais, etc.

» Quoi ! j'abandon'rais ma mie !
Je lui manquerais de foi.
Ah ! plutôt que la pépie
Glace ma langue d'effroi !
    Je n'saurais, etc.

3.,

» Ah ! plutôt que la pépie,
Glace ma langue d'effroi,
Que de manquer à ma mie,
A moins d'un ordre du roi !
   Je n'saurais, etc.

» Rien ne me fera dédire,
A moins d'un ordre du roi !
Encor je lui dirais : Sire,
Sauf le respect que j'vous doi,
   Je n'saurais ;
Je chéris trop ma brunette ;
   J'en mourrais. »

LA FAUSSE FLEUR.

AIR : *Quand une belle.*

POUR héritage
Je n'eus de mes parens
Qu'un pucelage
Et quelques agrémens
Je compris bien,
Quoique jeune innocente,
Qu'il me fallait faire une rente
De ce petit bien.

Dans cette route
Que me tracait le sort,
Bien mal sans doute
Je débutai d'abord :
Colin un jour
M'abordant d'un air tendre,
Je fus sotte assez pour lui rendre
Amour pour amour.

La faute faite,
Je n'eus, loin de pleurer,
L'âme inquiète
Que pour la réparer.
Certain seigneur
Survint par aventure,
Qui paya bien cher, je vous jure,
Une fausse fleur.

Que de fillettes
Ont fait tout comme moi!
Des amourettes
C'est la commune loi.
Car dans le champ
Que Cupidon moissonne,
Souvent la farine se donne
Et le son se vend.

LE BAL DES MÈRES.

Air: *Dodo, l'enfant do.*

A mo i, charmant Anacréon,
J'invoque aujourd'hui ton génie;
Des jeux prolonger la saison
C'est ajouter à notre vie;
Appelons ici la gaîté,
L'innocence et la liberté.

  Enfans
   De quinze ans,   } *chœur.*
  Laissez danser vos mamans.

Conviens, Amour, qu'ici des ans
Tu méconnaîtras l'intervalle :
La moins jeune de ces mamans
Peut de sa fille être rivale;
Il est plus d'un mois pour les fleurs,
Et toutes les roses sont sœurs.

   Enfans, etc.

Belles qui formez des projets,
Trente ans est pour vous le bel âge,
Vous n'en avez pas moins d'attraits,
Vous en connaissez mieux l'usage.
C'est le vrai moment d'être heureux,
On plaît autant, l'on aime mieux.

   Enfans, etc.

Croyez-vous que ce dieu malin
Dont je chéris et crains la flamme,
Allume aux rayons du matin
Le flambeau qui brûle notre âme?
Son feu, si je l'ai bien senti,
Ressemble aux ardeurs du midi.

   Enfans
    De quinze ans,   *chœur.*
  Laissez danser vos mamans.

Cette ronde est de Moreau, historiographe de France. Elle fut faite pour un bal que donnait madame de La Vallière à des femmes de trente ans, qui avaient des demoiselles de quinze ans.

SUZON ET COLINET.

AIR du *Menuet d'exaudet.*

« Quoi! Suzon,
Crains-tu donc
Quelque risque?
Tu verras que je suis grec;
Je sais parer l'échec,
Et prendre à temps ma bisque:
    Mais malgré
    Mon narré,
    Tu barguigne,
Et ton cœur dur comme un roc
    Contre l'amoureux choc
    Rechigne. »

— « Oui tu fais le philosophe;
Mais je crains la catastrophe;
    Les garçons
    Font les bons
    Quand les drilles
Veulent, par un fin mic mac,
    Avoir de nous et sac
    Et quilles.

» Colinet,

Quoi ! tout net

Tu me brusques,

Et ta main incognito

Courant au but presto,

Voudrait pénétrer jusques.....

Le filou

Me prend où

Git le lièvre ;

T'y voilà ; mais va tout doux ;

Ménage avec les choux

La chèvre. »

PIRON.

LES APPAS DE MA BERGÈRE.

AIR connu.

O<small>N</small> est enchanté sitôt
Qu'on aperçoit ma bergère ;
Elle a bien trois pieds de haut,
Et n'en paraît pas plus fière.
Ah ! qu'elle a d'attraits, d'appas,
   L'inhumaine
    Qui m'enchaîne !
Pourquoi faut-il donc, hélas !
Que je ne lui plaise pas !

Son œil perçant est percé
Sans doute avec une vrille ;
Bordé d'un rouge foncé,
Avec quel éclat il brille !
Ah ! qu'elle a d'attraits, d'appas, etc.

On la prendrait à son teint
Pour un sombre pain d'épice,
Ou mieux pour un Africain
Relevant de la jaunisse.
Ah ! qu'elle a d'attraits, d'appas, etc.

1822.

Comment peindre le contour
Si bien arrondi, si drôle,
De ce globe que l'Amour
A placé sous son épaule.
Ah! qu'elle a d'attraits, d'appas, etc.

Son toupet droit comme un i,
De suif quand elle le frotte,
Est d'un superbe blanc qui
Le dispute à la carotte.
Ah! qu'elle a d'attraits, d'appas, etc.

Ne soyez point étonné
Si rarement ell' se mouche,
Car elle a le bout du nez
Presque toujours dans la bouche.
Ah! quel a d'attraits, d'appas, etc.

Elle s'en va sautillant
Sur un pied, d'un air ingambe,
Depuis que par accident
Elle perdit une jambe.
Ah! qu'elle a d'attraits, d'appas, etc.

Ses dents sont au grand complet,
Hors vingt-neuf qu'elle a perdues,
Et, je le dis à regret,
Trois qui ne sont point venues. Ah! etc.

Pour vous je suis bien fâché
De ne pouvoir vous décrire
Tout ce qu'elle a de caché;
Sur ce je me borne à dire :
Ah ! qu'elle a d'attraits , d'appas,
    L'inhumaine
    Qui m'enchaîne !
Pourquoi faut-il donc, hélas !
Que je ne lui plaise pas.

LA PREUVE D'AMOUR.

A UN MONSIEUR.

Vous passez, monsieur, pour être
Amoureux d'une beauté;
Il faut avoir la bonté
De nous la faire connaître;
Nous vous permettrons d'oser
Lui donner un doux baiser.

A UNE DEMOISELLE.

Vous avez, mademoiselle,
Un sincère adorateur
Qui règne sur votre cœur;
Nommez-le de la prunelle;
Nous vous permettrons d'oser
Lui donner un doux baiser.

COUPLET DU CHANTEUR.

On dit que l'indifférence
Offense toujours l'Amour;
Aussi je veux, à mon tour,
Lui montrer ma déférence
Par un baiser général
A tout' les dames du bal.

LA JARRETIÈRE.

AIR : *La bonne aventure, ô gué !*

BELLE Iris, quand d'une voix
   Menaçante et fière,
Vous me demandez parfois
   Votre jarretière,
J'entends l'Amour qui tout bas
Me dit de ne rendre pas
Votre jarretière, ô gué !
   Votre jarretière.

L'autre jour ce dieu subtil
   Allant en conquête :
« De par Vénus, me dit-il,
   Berger, je t'arrête : »
Je voulus m'en dégager,
Mais il prit pour m'enchaîner Votre, etc.

Cet esclavage pour moi
   N'est pas une peine ;
Sans chagrin et sans effroi,
   Je porte ma chaîne.
Loin de vouloir la briser,
Nuit et jour je veux baiser Votre, etc.

Si l'on m'offrait la toison
  Que d'Espagne on tire,
Ou le superbe cordon
  Qu'en France on admire,
J'en jure par vos beaux yeux,
J'aimerais mille fois mieux
    Votre, etc.

Si je devenais visir
  Par un cas risible,
Et qu'un jour on vînt m'offrir
  Le bassin terrible,
Je le prendrais sans regret
Si j'y voyais pour lacet
Votre, etc.

Si, par un fait surprenant,
  Je devenais prince,
Et que pour gouvernement
  J'eusse une province,
Tout cela ne serait rien
Qu'en ajoutant à ce bien Votre, etc.

Pâris, ce galant Troyen,
  Pour sa belle Hélène
Abandonna tout son bien,
  Sans aucune peine;

Que n'aurait-il donc pas fait
S'il avait eu pour objet
Votre, etc.

Pour avoir le ceinturon
   D'une belle reine,
Hercule de morts, dit-on,
   Couvrit une plaine;
Il eût bien mieux combattu
Si pour prix il avait eu
Votre, etc.

Sur son trône bien assis,
   Le roi d'Angleterre
Se mire dans les rubis
   De sa jarretière;
Sans désirer d'être roi,
Je suis content quand je voi
Votre, etc.

Si j'en crois de bons auteurs
   Dont j'ai fait lecture,
Vénus ne gagnait les cœurs
   Que par sa ceinture;
J'en ai toujours fait grand cas,
Mais elle ne valait pas
     Votre, etc.

Tant qu'ici bas je verrai
Du ciel la lumière,
Toujours avec moi j'aurai
Votre jarretière ;
Et quand au tombeau j'irai,
Avec moi j'emporterai
Votre jarretière, ô gué !
Votre jarretière.

MANON.

Air : *A la fête du hameau.*

Voulant m' donner un air,
J' fus avant-hier
A la Croix-Blanche;
Bonnet, fichu d'linon,
Fins bas d' coton,
L'on est su' l' ton :
Tra, la, la, la, la, la, la, la, la, la, la, la, la, la, la! (*bis.*)
Quand on est mis' comm' ça,
La, la, la, la !   (*bis.*)
C'est ben sûr qu'on plaira.   (*bis.*)

C'est un charmant endrait
Que c' cabaret,
Surtout l' dimanche;
Clarinett', tambourin,
Et puis l' crincrin,
Ça fait fait un train...
Tra, la, la, la, etc.
Quel plaisir d'aller là!
La, la, etc.
Null' part on n' dans' comm' ça.

Dans l' bal à peine j'entrais,
    Qu'un gas ben frais,
    L' poing sur la hanche,
M' dit : « Dansons, belle Manon. »
    Sans plus d' façon,
    J' ne dis pas non.
Tra, la, la, la, etc.
    Fille à cte question-là,
    La, la, etc.
    Répond toujours comm' ça.

C' n'est pas l' tout que d' danser,
    N' faut pas s' lasser;
    Moi, qui suis franche,
J' m'adresse à mon faraud :
    « T'nez, il fait chaud,
    « N' sautons pas trop... »
Tra, la, la, la, etc.
    Mon fichu s' dérangea,
    La, la, etc.
    Il s'aperçut ben d' ça.

    On avait apporté
    D'un grand pâté
    Un' fameus' tranche;
« F'sons un tour d' jardin, »

M' dit mon blondin
Toujours badin...
Tra, la, la, la, etc.
» T'nez, asseyons-nous là,
La, la, etc.
» On s' repos' ben comm' ça.

M' dévorant d' ses grands yeux,
D'un ton joyeux,
V'là qu'il emmanche
Un douc'reux compliment,
Tourné vraiment
D'un air charmant.
Tra, la, la, etc.
Là-d'ssus il m'embrassa,
La, la, etc.
On n' refus' jamais ça.

Je n' songeais presqu'à rien,
Quand j' vois l' vaurien
Qui su' moi s' penche ;
Puis il m' prend dans ses bras.
Quel embarras !
Moi, je n' veux pas...
Tra, la, la, la, etc.
Par bonheur qu'on vint là,

La , la, etc.
Ah ! j'étais frit' sans ça.

Soufflant comme un poussif,
Sot comme un if,
Droit comme un' planche,
Il se r'lèv' tout honteux ;
Moi, j' ris au mieux
D' son air piteux.
Tra, la, la, la, la, la, la, la, la, la, la, la, la, la, la, *(bis)*.
L' galant qui m'attrap'ra,
La, la, la, la !   *(bis)*.
Il s'y prendra mieux qu' ça.   *(bis)*.

AUDE.

LE MAI.

PLANTONS le mai, chantons le mai,
Le mai (*bis*) du joli mois de mai, } (*bis.*)
Chantons le mois où la verdure
Pousse et fait planter en nature
   Le mai, le mai
  Du joli mois de mai,
    Le mai, le mai } (*bis.*)
  Qui nous rend le cœur gai.

Au bois on va choisir le mai,
Le mai du joli mois de mai;
Là d'un coup d'œil chaque fillette
Vise à la quille la plus draite,
    Le mai, etc.

Un garçon qui lève le mai.
Le mai du joli mois de mai;
Porte à la dame du village
(Qui chérit assez cet usage)
    Le mai, etc.

5

Il cherche un trou, place le mai,
Le mai du joli mois de mai ;
Et puis nous chantons quand il plante,
Et puis nous plantons quand il chante.
        Le mai, etc.

La dam' cheux qui l'on met le mai,
Le mai du joli mois de mai ;
Toujours très-sensible à la chose,
De trois ou quatre coups arrose
        Le mai, etc.

Pierrot, quand il plante le mai,
Le mai du joli mois de mai.
Que ne suis-je lui dit ma tante,
Dame du lieu pour qu'on me plante
        Le mai, etc.

Tout ce qui chante ici le mai,
Le mai du joli mois de mai.
Celui même dont c'est la fête,
Avec gaité le voit, le fête.
        Le mai, le mai
      Du joli mois de mai,
        Le mai, le mai
      Qui nous rend le cœur gai.

                              LAUJON.

LES AMIS D' PARIS.

AIR : *Il était un p'tit homme.*

MA fortune était mince,
Mais j'avais un parent
    Dont le rang,
Annonçait que du prince
Il était bien connu,
    Bien venu...
  Chacun me flatta,
  Chacun me fêta,
Chacun me visita ;
    Qu'ils sont polis,
    Qu'ils sont jolis,
    Nos bons amis
      D' Paris !

Mais (affreuse disgrâce)
Par un coup du destin,
    Un matin,
De mon parent en place
La faveur disparut,
    Il mourut.
  Chacun défila,
  Chacun détala,
Chacun me planta là. Qu'ils sont, etc.

L'acte testamentaire
Qu'avait fait mon parent
  En mourant,
Me nommant légataire
D'un large coffre-fort
  Rempli d'or,
  On me reflatta,
  On me refêta,
On me revisita.
  Qu'ils sont jolis, etc.

Lancé dans les affaires
Par l'appât d'un butin
  Incertain,
Des calculs téméraires
Ayant réduit à rien
  Tout mon bien,
  On redéfila,
  On redétala,
On me replanta là..
  Qu'ils sont jolis, etc.

Par pure bonté d'âme,
La charmante Clara
  M'épousa;
Des charmes de ma femme

Le bruit se répandit,
   S'étendit.
    On me reflatta, etc.

L'un d'entre eux qui sans cesse
D'amitié me comblait,
   M'accablait,
Un jour de ma princesse
M'enleva les appas,
   Les ducats.
    On redéfila, etc.

De mon argenterie
Je fis ressource ; et, crac,
   Dans un sac,
Vite à la loterie
Le magot fut donné ;
   Je gagnai. On me reflatta, etc.

Une fièvre soudaine
M'ayant glacé de son
   Noir frisson,
Chez moi l'on vit à peine
Succéder le docteur
   Au traiteur, Qu'on redéfila, etc.

Malgré soins et prières,
La fièvre prévalut,

Il fallut
Mettre ordré à ses affaires:
Au bruit du testament
    Poliment, On me reflatta, etc.

Mais comme sur leur compte
J'ouvrais enfin les yeux
    Un peu mieux,
Aucun d'eux, à sa honte,
N'étant même héritier
    D'un denier, On redéfila, etc.

Voyant chez mes ancêtres
Mon voyage remis,
    Je promis
Qu'après ma mort, les prêtres
Devant le trépassé
    Délaissé,
Pour tout *oremus*,
Pour tout *in manus*,
Chanteraient en chorus :
    Qu'ils sont polis,
    Qu'ils sont jolis,
    Nos bons amis
      D' Paris !

SANS CHAGRIN.

Air connu.

Comment sont les gens souls de bien ?
Sont-ils mieux que moi qui n'ai rien ?
   Je tourne et je trotte ,
   Je vire et gigote ;
   Toujours même train ,
   Jamais de chagrin.

Richards, pourquoi vous tourmenter
Pour un bien que vous allez quitter ?
   Je tourne , etc.

Moi qui ne crains point les voleurs ,
Les huissiers ou les percepteurs.
   Je tourne , etc.

La police dans ma maison
Ne vient jamais montrer son front.
   Je tourne, etc.

Ma demeure est sur le pavé,
Je ne puis en être privé.
   Je tourne , etc.

Je n'ai point à faire monlit,
A jeter mon vase de nuit.
  Je tourne, etc.

Les souris sous mon oreiller
Ne viennent jamais m'éveiller.
  Je tourne, etc.

Quand le feu prend chez mes voisins,
J'y porte secourantes mains.
  Je tourne, etc.

Et ce n'est point par intérêt
Que je pratique ce bienfait.
  Je tourne, etc.

Car jamais, en semblable cas,
Je n'aurai besoin de leurs bras.
  Je tourne, etc.

Si l'on m'arrache mon habit,
Je n'en conçois point de dépit.
  Je tourne, etc.

Je m'en moque; j'irai tout nu,
Comme au monde je suis venu.
  Je tourne, etc.

N'ayant rien à pleurer ici-bas,
Je suis prêt à sauter le pas.
Je tourne , etc.

Quand viendra l'heure de la mort,
J'irai gaiment à l'autre bord;
Je tourne et je trotte ,
Je vire et gigote ;
Toujours même train ,
Jamais de chagrin.

TALVAR.

UNE NUIT DE CORPS DE GARDE.

AIR de la *walse du Havre*.

JE pars.
Déjà de toutes parts
La nuit sur nos remparts
Étend son ombre
Sombre.
.Chez vous
Dormez, époux jaloux,
Dormez, tuteurs, pour vous
La patrouille
Se mouille.
Au bal
Court un original
Qui, d'un faux pas fatal
Redoutant l'infortune,
Marche d'un air contraint,
S'éclabousse... et se plaint
D'un réverbère éteint
Qui compte sur la lune.
Un luron
Que l'instinct gouverne,
A défaut de sa raison,

Va frappant à chaque taverne,
Les prenant pour sa maison.
 J'examine
 Cette mine
 Qu'enlumine
 Un rouge-bord,
 Quand au poste
 Qui l'accoste,
 Il riposte :
 « Verse encore. »

  Je vois
Revenir un bourgeois
Qui, charmé de sa voix,
Sort gaiment du parterre ;
Il chante... et, plus content qu'un dieu,
 Il écorche avec feu
 Un air de Boyeldieu.

  Plus loin,
Près d'un discret cousin,
En modeste sapin,
Rentre la financière,
Quand sa couturière
 Sort de Tivoli
Dans le galant wiski
Que prêta son mari.

À mes yeux s'ouvre une fenêtre
Que lorgnait un amateur ;
Mais je crois le reconnaî·re,
Et ce n'est pas un voleur.

Je m'efface
Pour qu'on fasse
Volte-face
A l'instant ;

(*A voix basse.*)

Car la belle,
Peu cruelle,
Était celle
Du sergent.

Jugeant,
En chef intelligent,
Que rien n'était urgent
Quand la ville
Est tranquille,
Je rentre, et voici, général,
Le récit littéral
Qu'en fait le caporal.

J' N' SAIS COMMENT ÇA S' FAIT.

AIR : *Ma mère aux vignes m'envoyit.*

L'HOMME en amour ben peu s' connaît,
Je ne sais pas comment ça s' fait.
Ah ! mon Dieu, s'il s'y connaissait !..
    Moi j' suis bonn' fille,
    Même encor gentille;
Pourtant on m' néglig' tout-à-fait,
Je ne sais pas comment ça s' fait.

Pourtant on m' néglig' tout-à-fait,
Je ne sais pas comment ça s' fait.
Depuis long-temps Blais' me plaisait ;
    J'eus la complaisance
    D' lui dir' c' que j'en pense ;
J' lui proposis d' m'épouser net,
Je ne sais pas comment ça s' fait.

J' lui proposis d' m'épouser net,
Je ne sais pas comment ça s'fait.
Malgré qu'il eût l'air satisfait
    De c' que j' venais d' dire,
    Il m' parut sourire,
Et d'orgueil mon homm' s' r'dressait,
Je ne sais pas comment ça s' fait.

6

Et d'orgueil mon homm' se r'dressait,
Je ne sais pas comment ça s' fait.
Quoiqu'il m'aimât, car il l' disait,
 Toujours not' mariage
 R'culait davantage;
Jamais c't' homm'-là n'aboutissait,
Je ne sais pas comment ça s' fait.

Jamais c't' homm'-là n'aboutissait,
Je ne sais pas comment ça s' fait.
Et, comm' toujours il barguignait,
 J' lui dis un' soirée :
 Moi, j' veux êtr' mariée;
J' veux dev'nir votr' femm' tout-à-fait,
Je ne sais pas comment ça s' fait.

J' veux dev'nir votr' femm' tout-à-fait,
Je ne sais pas comment ça s' fait.
Au curé j' fus conter mon fait :
 Dit'-moi donc, mon père,
 Comment je dois faire
Pour que l' cher Blais' m'épouserait,
Je ne sais pas comment ça s' fait.

Pour que l' cher Blais' m'épouserait,
Je ne sais pas comment ça s' fait.
Dans un long discours qu'il me fait,

L' curé m' prouve comme
Ce méchant jeune homme
Ne cherchait qu'à m' séduir' tout net ;
Je ne sais pas comment ça s' fait.

Ne cherchait qu'à m' séduir' tout net ;
Je ne sais pas comment ça s' fait.
Je n' voudrais, si Dieu m'exauçait,
Qu'un' petit' famille :
Un garçon, un' fille ;
Deux enfans, ça m' suffirait,
Je ne sais pas comment ça s' fait.

Deux enfans, cela m' suffirait,
Je ne sais pas comment ça s' fait.
Hélas ! faut qu' j'y r'nonc' tout-à-fait :
On s' dit à l'oreille
Que déjà j' suis vieille.
Je reste fille, à mon grand r'gret ;
Je ne sais pas comment ça s' fait.

A. B.

LE BOIS DANGEREUX.

AIR: *V'là c'que c'est qu'd'avoir un cœur.*

Tous nos tendrons sont aux abois,
V'là c'que c'est qu' d'aller au bois!
Nos bûcherons sont des grivois;
　　Quand on va seulette
　　Cueillir la noisette,
Jamais l'Amour ne perd ses droits.
V'là c'que c'est qu'd'aller au bois!

Jamais l'Amour ne perd ses droits,
V'là c'que c'est qu'd'aller au bois!
Un jour, ce petit dieu sournois
　　Dormait à l'ombrage,
　　Sous un vert feuillage;
Dorine approche en tapinois.
V'là c'que c'est qu'd'aller au bois!

Dorine approche en tapinois,
V'là c'que c'est qu'd'aller au bois

Elle dérobe son carquois,
 En tire une flèche,
 Propre à faire brèche,
Dont elle se blessa, je crois.
V'là c'que c'est qu'd'aller au bois!

Dont elle se blessa, je crois,
V'là c'que c'est qu'd'aller aux bois!
Depuis ce temps je l'aperçois,
 Qui pleure, qui rêve;
 Morguenne! elle endève;
L'imprudente s'en mord les doigts.
V'là c'que c'est qu'd'aller au bois!

Sa sœur Colette, une autre fois,
V'là c'que c'est qu'd'aller au bois!
Craignant qu'un loup dans ces endroits
 Ne la vînt surprendre,
 Pour mieux s'en défendre,
Prit pour guide un jeune grivois.
V'là c'que c'est qu'd'aller au bois!

Prit pour guide un jeune grivois,
V'là c'que c'est qu'd'aller au bois!
Mais l'Amour, sûr de ses exploits,
 Est de la partie,

Sans qu'on s'en défie;
On croit être deux, on est trois.
V'là c'que c'est qu'd'aller au bois!

Lise craignait de faire un choix,
V'là c'que c'est qu'd'aller au bois!
Sa vache s'égare une fois;
La pauvre fillette,
Suivant la clochette,
Dans un taillis trouve un matois.
V'là c'que c'est qu'daller au bois!

Dans un taillis trouve un matois,
V'là c'que c'est qu'd'aller au bois!
Dont il lui faut subir les lois.
La jeune bergère
Appelle sa mère,
Qui ne peut entendre sa voix.
V'là c'que c'est qu'd'aller au bois!

FAVART. (*)

(*) Favart (Cl.-Sim.), né à Paris en 1710, l'un
des fondateurs de l'Opéra-Comique, auteur de *la
Chercheuse d'esprit* et de quantité d'autres pièces
du même répertoire, est mort en 1793.

LE BIEN VIENT EN DORMANT.

AIR : *Eh ! ma mère , est-c'que j'sais ça ?*

Quand la misère importune
Visite notre séjour ,
Contre l'aveugle fortune
Nous murmurons chaque jour.
La nuit, cessant nos reproches,
Si nous rêvons seulement
Que Plutus remplit nos poches ,
Le bien nous vient en dormant.

Certain héros sur sa route
Voyant un pauvre endormi ,
Dépose sans qu'il s'en doute,
Un sac d'argent près de lui ;
Morbleu , disait le grand homme ,
Mon drôle dans un moment
Pourra dire voyez comme
Le bien nous vient en dormant.

Auprès d'un bosquet de roses
Lise sommeillait un jour;
Sur ses lèvres demi closes
Je cueille un baiser d'amour.
La pauvrette se réveille
Et me dit ingénument :
Mon ami , c'est à merveille!
Le bien nous vient en dormant.

Loin du faste de la ville,
Sur le sol qu'il défricha ,
Colas dormait bien tranquille
Lorsque sa femme accoucha;
Vite à Colas on envoie
Annoncer l'événement :
Bon, dit notre homme avec joie,
Le bien nous vient en dormant.

Hier à l'académie ,
Je ronflais comme chez moi;
Un billet de mon amie
M'annonce un brillant emploi.
Sur le bonheur qui m'assiége
Chacun me fait compliment.
Oh! pour le coup , m'écriai-je,
Le bien nous vient en dormant.

Le refrain qui nous enchante
Sait toujours nous réveiller ;
Messieurs, depuis que je chante,
Je crois vous voir sommeiller.
Épargnez-moi la satire.
Quand j'arrive au dénoûment,
Avec moi vous allez dire :
Le bien nous vient en dormant.

JE M'EN MOQUE

COMME DE COLIN-TAMPON.

AIR : *Dans la paix et l'innocence.*

A QUOI bon grossir la liste
De nos frondeurs ennuyeux ?
Tout prévoir est un peu triste ;
Rire de tout vaut bien mieux.
Que l'univers se disloque
Comme un vase du Japon;
En attendant *je m'en moque*
Comme de Colin-Tampon ! } *Chœur.*

Nargue du triste Héraclite,
Qui toujours se lamentait!
Que j'aime ce Démocrite,
Qui gaiment lui répétait !
Sur ce monde qui te choque,
Hélas! mon pauvre garçon,
Tu pleures , *moi je m'en moque*
Comme de Colin-Tampon.

Damis en vain près d'Estelle
Soupire comme un Colin ;
Il faut pour plaire à la belle
Ê're bien riche ou bien fin :
Au plus aimable colloque
Froidement el!e répond :
Des Colins, *moi je m'en moque*
Comme de Colin-Tampon.

Cherchant partout un suffrage ,
Un auteur bien suffisant,
Pour lire un nouvel ouvrage
Trouve un cercle complaisant ;
Mais le public qui révoque
Les jugemens du salon ,
Dit en sifflant : *Je m'en moque*
Comme de Colin-Tampon.

Ici-bas rien né m'étonne,
Disait monsieur de Pibrac :
« Il faut voir sur la Garonne
« Mon beau domaine dé Crac !
« Paris n'est qu'une bicoque ;
« Lé moindre château gascon
» Dé votre louvre *sé moque*
« *Comme dé Colin-Tampon.* »

Qu'on célèbre le Champagne,
Le Pomard, le Chambertin ;
Qu'on vante le vin d'Espagne,
Le vin de Baune ou du Rhin ;
Pour moi lorsqu'on me provoque,
Le meilleur est assez bon ;
Quant à son nom, *je m'en moque*
Comme de Colin-Tampon.

Lorsque la vilaine Parque
M'aura dit : Fais ton paquet ;
Je veux jusque dans la barque
Lui rabattre son caquet.
Je chanterai : Ma défroque
N'est pas celle d'un capon ;
Et des Parques *je m'en moque*
Comme de Colin-Tampon.

ANTIGNAC.

~~~~~~

CLAUDEINE.

AIR : *La fariradondaine, gai.*

C'EST à l'hameçon
Que pêche Claudeine;
J'endors le goujon
Pour qu'elle le prenne.
    Bon!
La fariradondaine,
    Gai!
La fariradondé.

J' li avons promis,
Afin qu'ell' me prisse,
D' la mettre à Paris
Ouvrière en ch'mise.
    Bon! etc.

De son favori
Je vois qu'all' veut faire
Queuqu' jour son mari;
Ça la rend tout' fière.
    Bon! etc.

Veut-elle un bouquet
Dans sa collerette,
N'y a qu' li qui l' met
Sous sa barberette. Bon! etc.

Tredam', ce galant,
Tout l' long d' la semaine,
En avait mis tant
Qu'all' en était pleine. Bon! etc.

Un jour, j' l'aperçus
Seul avec la belle ;
Le v'la qui s' met d'ssus
L'herbette avec elle. Bon! etc.

Je fis le semblant
De n'y prendre garde ;
J' la vois qui li prend
L' ruban d' sa cocarde. Bon ! etc.

Les fill' sont comm' ça,
L' plaisir les amorce :
Les prend-on par-là,
Ell' n'ont plus de force.
  Bon.
La fariradondaine,
  Gai !
La fariradondé.

~~~~~~

LE TRAIN DU MONDE.

AIR : *Le curé de Pompone.*

Amis, je ne sais quel frisson
   Vient de saisir ma muse,
Et je crains bien que ma chanson
   N'ait rien qui vous amuse ;
Mais tout n'est-il pas inégal
   Sur la machine ronde ?
   Tantôt bien , tantôt mal
     Au total.....   } *Bis en*
   Voilà le train du monde. } *chœur.*

S'agit-il d'un emploi brillant
   Dont l'utile exercice
Exige probité , talent ,
   Humanité, justice....
En vain qui le méritera
   Sur son bon droit se fonde ;
   C'est celui qui paîra
     Qui l'aura.
   Voilà le train du monde.

Fille de parens malheureux
   Lucile est vertueuse;
De Laure qu'on cite en tous lieux
   La vie est scandaleuse :
Lucile est en butte aux caquets,
   Sa misère est profonde....
   Laure a chevaux, jokaïs.
      Et laquais....
   Voilà le train du monde.

J'avais des amis, des parens,
   Sans place et sans fortune;
A chacun d'eux depuis long-temps
   Ma bourse était commune.
Pour eux le sort a varié;
   Dans leurs mains l'or abonde;
   Et tous m'ont sans pitié
      Renié....
   Voilà le train du monde.

Que d'Hortense on touche la main,
   Son teint se décompose,
Sur sa joue on voit le jasmin
   Succéder à la rose.
Épousez, amant fasciné,
   Cette Agnès pudibonde,

Et vous serez mené
　　Parle né....
Voilà le train du monde.

Un chef-d'œuvre attire aujourd'hui
　　Une foule idolâtre ;
Cet ouvrage est déjà l'appui ,
　　La gloire du théâtre.
L'acteur, sous les lauriers plié ,
　　Éclabousse à la ronde,
　　Et l'auteur oublié
　　　　Trotte à pié.
Voilà le train du monde.

A son cher mari l'autre jour
　　Ursule offre l'hommage
D'un beau garçon fruit de l'amour
　　Plus que du mariage.
L'époux fier du don que lui fait
　　Cette mère féconde,
　　Croit y voir trait pour trait
　　　　Son portrait.
Voilà le train du monde.

Le sot va comptant ses beaux faits,
　　Le fat son épigramme,

Le courtier maudissant la paix,
    Et le mari sa femme;
Le buveur bronchant et chantant
    La liqueur rubiconde,
    Le médecin purgeant
        Et tuant.
Voilà le train du monde.

Mais pour nous, amis, qu'ici-bas
    Nul chagrin ne menace,
Étourdissons de nos ébats
    Cythère et le Parnasse;
Poursuivant la nuit, à tâtons,
    Et la brune et la blonde,
    Rimons, buvons, sautons
        Et chantons.
Voilà le train du monde.

DÉSAUGIERS.

REGRETS DU TEMPS PASSÉ.

AIR : *la catacoua.*

On ne rit plus, on ne boit guère,
On ne vaut rien dans un repas :
Petits propos, petite chère,
Dieux ! quels esprits ! quels estomacs !
Petits vins dans de petits verres ,
Petits mets dans de petits plats.

Tout est joli ,
Tout est fini ,
Mais si petit ,
Si petit ,
Si petit !

Ah ! c'est un vrai ton de misère
Que de montrer de l'appétit.

Petit plumet , petite lame ,
Tout est petit dans nos guerriers ;
Petit robin , petite femme ,
Petit duc , petits financiers ;
Petit abbé plein d'épigrammes ;
Tout est petit dans nos soupers ,

Petit buveur,

Petit chanteur,

Petit rimeur

Et conteur

De fadeurs ;

Tous ces petits, croyez, mesdames,

Qu'ils sont toujours mauvais payeurs.

Grosse santé, gros ton , gros rire

Qui pétillait dans de gros yeux :

rosse gaité, grosse satire,

Gros vaudeville au ton joyeux ;

Oui, tout , jusqu'à l'art de médire,

Tout était gros chez nos aïeux.

Grosses mamans,

De gros enfans,

Maris joyeux,

Vigoureux ;

Temps heureux !

Revenons-y ; j'ose prédire

Que chacun s'en trouvera mieux.

ALLONS CUEILLIR LA VIOLETTE.

J'allais au marché ce matin }
  Pour faire quelque emplette } *Bis.*
J'ai rencontré dans mon chemin
  Une jeune fillette :
  « Allons au bois, brunette, }
Allons cueillir la violette. » } *Bis.*

« Ah ! oui, si nous allions aux bois,
  Répondit la fillette,
Peut-être que vous feriez choix
  De quelque autre fleurette. »
  « Allons au bois, brunette,
Allons cueillir la violette. »

— « Vous savez donc bien mon dessein,
  Petite bergerette,
Et quelles sont sur votre sein
  Les fleurs que je souhaite :
  Allons au bois, brunette,
Allons cueillir la violette »

— « Vous pouvez en chercher ailleurs,
  Répondit la fillette.
Pour moi, je suis pour les railleurs
  Bon cheval de trompette. »
  — « Allons au bois, brunette,
Allons cueillir la violette.

« Brunette, sans tant de caquet,
  Allons dessus l'herbette :
Nous y pourrons faire un bouquet
  Et quelque autre chosette ;
  Allons au bois, brunette,
Allons cueillir la violette. »

— « Ne dites donc point à mes sœurs
  Qu'avecque vous seulette,
Je suis allé cueillir des fleurs ;
  Et votre affaire est faite. »
  — « Allons au bois, brunette,
Allons cueillir la violette. »

CONSEILS D'ÉPICURE.

AIR : *La bonne aventure, ô gué !*

Doucement à table assis,
  Le bon Épicure
Disait à quelques amis :
Le vrai bonheur est ici.
  La bonne aventure,
    O gué !
  La bonne aventure !

La belle Aspasie était
  Auprès d'Épicure ;
En souriant il disait :
Le vrai bonheur est tout près.
  La bonne aventure, etc.

Écoutez un mot divin,
  Disait Épicure :
Sans l'amour et sans le vin,
Un repas n'est jamais sain.
  C'est là la nature, ô gué !
  C'est là la nature !

Soupirer le long du jour,
  Passe la mesure;
Mais boire, aimer tour à tour,
Par le vin calmer l'amour,
  C'est là la nature, ô gué!
  C'est la bonne nature.

Boire du soir au matin
  Passe la mesure;
Mais d'une prudente main
Par l'amour calmer le vin,
  Voilà la nature, ô gué!
  La bonne nature!

Trouvez-vous pour un baiser
  Quelque conjoncture?
On pourrait le refuser;
Prenez-le sans biaiser;
  La chose est plus sûre, ô gué!
  La chose est plus sure!

Mais si l'on se fâchait bien,
  Rendez sans murmure;
Baiser gardé ne vaut rien:
A chacun rendez le sien.
  Voilà la nature,
    O gué!
  La bonne nature!   DE S.

LE SECRET DES FILLES.

Air : *Le curé de Pompone.*

Hier le cœur tout plein d'amour
  Et de mainte fadaise,
V'la-t-il pas qu'au plus biau du jour,
  Je m'endors sur ma chaise !
  Ah ! il m'en souviendra
    Larira !
  Du tour que m'a fait Blaise !

Il entrit tout subitement,
  Et m'vit tout à son aise ;
Cherche-t-on ça ? non pas vraiment.
  Peste ! on n'est pas si niaise !
  Ah ! il m'en souviendra, etc.

Par un baiser pris doucement
  Il entamit la thèse :
Tout à coup je ne sais comment
  Il renversit ma chaise :
  Ah ! il m'en souviendra, etc.

8.

Je m'éveillis tout en sursaut ;
　　Dam ! je fis la mauvaise !
En pleurant, j'm'écrie aussitôt,
　　C'est fait de toi, Thérèse !
　　Ah ! il m'en souviendra, etc.

Les soupirs que Blaise poussait
　　Sortaient d'une fournaise ;
Ma vertu, qui les repoussait,
　　N'était point à son aise.
　　Ah ! il m'en souviendra, etc.

Mais à force d'être en courroux,
　　A la fin je m'apaise ;
On est contrainte à filer doux,
　　Non pas que tout ça plaise.
　　Ah ! il m'en souviendra, etc.

Sur mon cœur encore effrayé
　　Qu'un pareil secret pèse !
Malgré tout le dépit que j'en ai,
　　Faut, hélas ! que je m'taise.
　　Ah ! il m'en souviendra
　　　　Larira !
　　Du tour que m'a fait Blaise.

LE PRINTEMPS.

AIR : *Va comme il pourra, larirette.*

HATE-TOI, jeune bergère,
Les fleurs émaillent nos champs ;
L'hiver fuit, et la fougère
Ne craint plus les noirs autans.
Formons une danse légère,
Chantons l'amour et le printemps.
Chantons,
Célébrons,
Dans ce beau jour,
De l'amour
Le retour
Sur la terre;
Formons une danse légère,
Chantons le printemps et l'amour!

Dans nos bois la tourterelle
A fait entendre sa voix;
Doucement elle rappelle
Le tourtereau de son choix;

Es-tu bergère aussi fidèle
Que la tourterelle des bois ?
        Chantons, etc.

    L'onde en jaillissant murmure
    Et baigne nos prés naissans ;
    Le bois reprend sa parure,
    Philomèle ses accens ;
Bergers, de fleurs et de verdure
Elevez un trône au printemps.
        Chantons, etc.

    Hélas ! aujourd'hui flétrie,
    La rose brillait hier :
    Le temps vole ; et dans la vie,
    Le plaisir est un éclair ;
Pour jouir du printemps, Sylvie,
Gardons-nous d'attendre l'hiver.
        Chantons,
        Célébrons,
    Dans ce beau jour,
        De l'amour
        Le retour
        Sur la terre ;
Formons une danse légère,
Chantons le printemps et l'amour !

LA NOCE DE VILLAGE.

On danse bien à la ville ;
Mais souvent c'est sans plaisir.
A quoi sert-il d'être habile,
Si l'ennui vient nous saisir.
On danse mal au village ;
On va les deux bras pendans ,
On va les pieds en dedans ;
Mais on rit bien davantage.

REFRAIN.

Vive , vive, vive la gaîté des champs !
Vivent, vivent, vivent les bons paysans !
Vive , vive, vive la gaîté des champs !

On dit encor qu'à la ville
On s'épouse en marchandant ;
La tendresse est inutile ;
Le bonheur est dans l'argent ;
Si ce bonheur est le vôtre ,
Le mien est bien différent :
Lorsque l'on s'aime, on se prend,
Le plus riche en donne à l'autre. Vive, etc.

S..

On dit encor qu'à la ville
On s'épouse à contre-cœur;
Mais dans ce champêtre asile,
Une noce est un bonheur.
Si de plaisir à la tienne
Je sens mon cœur s'émouvoir,
Combien on doit en avoir
Lorsque l'on danse à la sienne.

Vive, vive, vive la gaîté des champs!
Vivent, vivent, vivent les bons paysans!
Vive, vive, vive la gaîté des champs!

GILLE ET ISABEAU.

En revenant de la ville,
Je m'aprochai d'Isabeau ;
Je lui dis : « La jeune fille,
Vous mirez-vous dedans l'eau ? »
— « Non, monsieur, c'est que je file,
Je fais tourner mon fuseau. »

Je lui dis : «La jeune fille,
Vous mirez-vous dedans l'eau ?
Pour vos beaux yeux mon cœur grille,
Il s'use comme un flambeau ;
Laissez donc la jeune fille,
Laissez donc votre fuseau.

« Pour vos beaux yeux mon cœur grille,
Il s'use comme un flambeau.
Avec vos rigueurs, ma fille,
Vous me mettrez au tombeau.
Quittez donc, la jeune fille,
Quittez donc votre fuseau.

« Avec vos rigueurs, ma fille,
Vous me mettrez au tombeau.
— « Si vous brûlez, frère Gille,
Rafraîchissez-vous dans l'eau ;
Laissez, il faut que je file ,
Laissez tourner mon fuseau.

« Si vous brûlez, frère Gille ,
Rafraîchissez-vous dans l'eau. »
— « Ma fille , soyez docile , -
Apprenez un jeu nouveau.
Vous saurez bien mieux, ma fille ,
Bien mieux tourner un fuseau. »

L'INDIFFÉRENTE.

Un jour, me promenant tout doux,
Près d'une eau claire et nette,
Je vis Colin de bout en bout.
Tout bas je m' disais, voyez-vous,
J'aime le lon lan la derirette,
J'aime le lon lan laire.

Maman cassa, dans son courroux,
Sur mon dos la pincette;
En arrièr' je ris de ses coups,
Pourvu qu' Colin m'aim', voyez-vous,
J'aime le lon lan la derirette,
J'aime le lon lan laire.

Je vais dire tout haut mon goût,
Car je suis peu discrète;
Je boirais chaud au mois d'août,
Pourvu qu' Colin m'aim', voyez-vous,
J'aime le lon lan la derirette,
J'aime le lon lan laire.

Biens des gens aiment le ragoût,
  - Jamais je n'en souhaite;
De l'eau, du pain sec, voilà tout,
  Pourvu qu' Colin m'aim', voyez-vous,
J'aime le lon lan la derirette,
  J'aime le lon lan laire.

D'habits je n'en ai point du tout,
  Je n'ai qu'une grisette,
Encor' n'en voudrais-j' point du tout,
  J'en s'rais plus tôt prêt', voyez-vous,
J'aime le lon lan la derirette,
  J'aime le lon lan laire.

Pour logement je n'ai qu'un trou,
  Où je mets ma couchette.
Qu'importe couchée ou debout,
  Pourvu qu' Colin m'aim', voyez-vous,
J'aime le lon lan la derirette,
  J'aime le lon lan laire.

LE GRAND COLAS.

AIR : *Mon p'tit cœur, vous n' m'aimez guère.*

L'AUTRE jour, le biau Colas,
Au fond d'un bois solitaire,
Vit la fille au gros Lucas
Qui dormait sur la fougère ;
Il la tirit par le bras :
Mon p'tit cœur, vous n' maimez guère ;
Car tout ça n' vous touche pas,
  Hélas !
  Vous n' m'aimez pas.

Je rôtis pour vos appas ;
Vous n'en êtes que plus fière ;
Mon cœur pousse des *hélas !*
Qui feraient fendre une pierre ;
Vous m' réduisez au trépas. Mon , etc.

Quand vous allez tout là-bas,
Dans les champs de votre père,
D'œufs durs, de fromage gras
J'emplis votre panetiere,
Et je vous donne le bras. Mon , etc.

Je n' fais plus que tras repas ;
Et devant votre chaumière,
Tout de bout comme un échalas,
Je passe la nuit entière ;
Mes soupirs font peur aux chats. Mon, etc.

Lison, voulant fuir Colas,
Sentit rompre sa jarr'tière ;
Ça l'y fit faire un faux pas.
— « Ah ! méchant, qu'allez-vous faire ?
Vous m' mettrez dans l'embarras :
Je l' vois bien, vous n' m'aimez guère, etc.

« Finirez-vous donc, Colas ?
J' l'irai dire à votre mère.
Ouf !.. vous me tordez le bras ;
Agit-on de c'te manière ?
Quel tourment j'endure, hélas !
Aye, aye, aye ! vous n' m'aimez guère, etc. »

Il prit deux baisers ou tras
Sur le sein de la bergère,
Puis il se croisit les bras,
Et resta là sans rien faire.
« Vous êtes donc las, Colas ?
Je l' vois bien, vous n' m'aimez guère, etc. »

DE LA BORDE.

~~~~~~

BLAISE ET COLETTE.

AIR : *V'là c' que c'est qu' d'aller au bois.*

DANS un village d' Montargis,
Ous qu'on s' sent tout comme à Paris,
Chacun connaît un' gross' fermière,
 Riche et bonne mère,
 Mais d'un ton sévère
Grondant sa fille à chaque instant.
V'là c' que c'est que l' sentiment.

Colette, faut l' dire en passant,
N'a que quinze ans, minois charmant;
Deux grands yeux noirs, joli corsage,
 Toujours à l'ouvrage,
 Niaise et fort sage;
All' regard' Blaise en rougissant. V'là c',etc.

Blaise est l' fils du gros Mathurin,
Riant et chantant dès l' matin;
Du depuis qu'il a vu Colette,
 I r'luqu' la fillette;
 Plus de chansonnette;
L' pauvr' garçon va dépérissant. V'là c', etc.

9

Un beau soir que l' monde dormait,
(Ou du moins il le présumait),
Pour dire deux mots à sa brune,
    Blaise, au clair d' la lune,
    Tente la fortune,
Et l' long d' sa f'nêtre va rôdant;
V'là ce que c'est que l' sentiment.

Mais la bonn' femm', qu'est aux aguets,
Vous prend un gourdin tout exprès,
Puis à pas de loup ell' s'approche,
    Et d'un' fièr' taloche,
    Droit sur la caboche,
Vous apostroph' le soupirant.
V'là c' que c'est que l' sentiment.

RENCONTRE IMPRÉVUE.

Tout deux, exprès ou par instinct,
Se rencontr' dans le mêm' chemin.
Qui fut ben surpris? c' fut Colette.
    Garçon et fillette
    Droit sous la coudrette,
Se rendent machinalement;
V'là c' que c'est que l' sentiment.

L'EMBARRAS FACHEUX.

Au bout d' trois mois, coup imprévu !
On devin' ben c' qu'on n'a pas vu.
Chacun dans l' village chuchotte :
  Voyez c'te marmotte,
  Qu'on croyait si sotte,
Elle en sait autant qu' sa maman.
V'là c' que c'est que l' sentiment.

RÉFLEXION DE LA MAMAN.

La mèr', voyant ce mic-mac-là,
Dit : quand j' la tûrais, qu'est qu' ça f'ra ?
Allons voir l' curé d' not' village ;
  C'est un homme sage
  Qui, sans tripotage,
Saura réparer c't' accident.
V'là c' que c'est que l' sentiment.

LE SEUL PARTI A PRENDRE.

L' curé, qui n'était pas un sot,
Reste deux heur' sans dire un mot.
Enfin il dit : La chose est claire ;
  J'arrang'rai c't' affaire ;
  C' n'est pas la première ;
Faut donner un père à c't' enfant.
V'là c' que c'est que l' sentiment.

MARIAGE.

Dès l' matin, le municipal
Leur dit *conjungo* tant bien qu' mal.
Blaise épous' Colette, queu joie!
   L' seigneur leur envoie
   Un dindon, une oie ;
L' père et la mère en font autant.
V'là c' que c'est que l' sentiment.

CONCLUSION.

Au bout d' six mois arrive enfin
Un' petit' fill' au nez carlin ;
Blais' lui voyant les traits d' sa mère,
   S'écrie en bon père :
   Dans quinze ans, j'espère
Qu'all' aura r'cours au sacrement.
V'là c' que c'est que l' sentiment.

LE JUGEMENT DE PARIS.

AIR : *L'âge a su borner nos désirs.*

On dit qu'aux nôces de Thétis
    Tous les dieux assistèrent ;
Junon, Pallas, Cérès, Iris
    Et Vénus s'y trouvèrent.
  Le nectar mit tout en train,
  On y chanta ce refrain :
    Eh ! le cœur à la danse,
Un rigodon zig zag dondon,
    Le plaisir en cadence
    Vaut mieux que la raison.

Au dessert une pomme d'or
    Fit naître une querelle ;
Sur cette pomme on lit d'abord
    Ces mots : *A la plus belle.*
  A qui l'adjugera-t-on ?
  Est-ce à Vénus, à Junon ?
    La prudente Minerve
A son tour éleva la voix ;
    Et chacun sans réserve
    Fit valoir tous ses droits.

9..

Jupiter, amant de Léda,
　　Crainte de subterfuge,
Voulut que le berger d'Ida
　　En fût lui-même juge ;
Aussitôt la jeune Iris
Va porter l'ordre à Pâris.
Après maintes caresses,
Maint coup d'œil et propos jolis
　　De la part des déesses,
　　Vénus obtint le prix.

Si parmi vous rompant l'accord,
　　La Discorde cruelle
Traçait sur une pomme d'or,
　　Ces mots : *A la plus belle ;*
De Pâris, assurément,
L'embarras serait plus grand.
De la vertu, des grâces,
De la beauté, de l'enjoûment ;
　　Les Ris suivent vos traces ;
　　L'Amour est moins charmant.

LES REPROCHES D'AMOUR.

AIR : *Mon p'tit cœur, vous n' m'aimez guères.*

UN jour, le jeune Colas
Trouvit Lison, sa bergère,
Qui v'nait de quitter le bras
Du gros Lucas, son compère;
Il l'abordit chapeau bas :
Lui disant : « Vous n' m'aimez guère ;
Car tout ça n' vous touche pas.
      Hélas !
    Vous n' m'aimez pas !

» Vous faites bien peu de cas
D'un berger qui parsévère ;
Vous désirez mon trépas ;
Mais las ! pour vous satisfaire,
I' m' faudrait un coutelas.
Mon p'tit cœur, vous n' m'aimez guère ;
Car tout tout ça n' vous touche pas.
      Hélas !
    Vous n' maimez pas.

» Tout chacun dit qu' j'ai des rats ;
Je n' puis fermer la paupière,
Je m' chême pour vos appas
D'une terrible manière ;
Autrefois j'étais si gras.
Mon, etc.

» Vous disiais queuqu'fois : Colas
Passe devant not' chaumière ;
Je m' tiendrai dessus le pas ;
Ce souv'nir me déscspère :
Nous y prenions nos ébats.
Mon, etc.

» Souvent j'allions tout là bas,
Dans ce bosquet solitaire,
Nous promener pas à pas,
En dépit de votre mère,
Qui n' savait rien du tracas.
Mon, etc.

» Quand on lui contit le cas,
Ça la mit toute en colère ;
Pourtant, malgré son fracas,
Ma mine vous était chère ;
C' n'est pas d' même à c't' heure, hélas !
Je l' vois bien, etc.

» Vous souvient-il d' ces jours gras,
Quand j' fis une bandouillière
D'un biau ruban de taf'tas
Qui vous servait de jarr'tière;
Ni l' chagrin, ni l'embarras,
Dans c' temps-là n' me troublaient guère,
Mais tout ça, etc.

» Si je marmotais tout bas
Queuque chanson pour vous plaire,
Vous m' disiez en riant : Colas,
La sais-tu bien toute entière?
J' la chantais à tour de bras.
Mon, etc.

» Faut-il qu'avec tant d'appas
Vous soyiez parfide et fière,
Et que j' parde tout mes pas,
Pour vous avoir cru sincère?
Vous m' plantez-là pour Lucas.
Eh! fi donc! vous n' m'aimez guère;
Car tout ça n' vous touche pas,
    Hélas!
    Vous n' m'aimez pas.

L'AMITIÉ.

GAI, gai, c'est l'amitié
Qui de nos jours rend la chaîne légère,
Gai, gai, c'est l'amitié
Qui toujours est avec nous de moitié.

Éloigné des bras
D'une tendre mère,
Quand l'homme ici bas
Risque un premier pas,
Gai, gai, c'est l'amitié
Qui le soutient en prenant la lisière,
Gai, gai, c'est l'amitié
Qui des faux pas lui sauve la moitié.

Un pensum maudit,
Plus tard au collége,
Presque sans délit,
Nous est-il prescrit?
Gai, gai, c'est l'amitié
Par qui bientôt notre peine s'allége,
Gai, gai, c'est l'amitié
Qui du pensum griffonne la moitié.

Lorsque les fleurons
Qu'au travail on donne,
Au bruit des clairons,
Décorent nos fronts,
Gai, gai, c'est l'amitié
A qui nos mains remettent la couronne,
Gai, gai, c'est l'amitié
Qui nous la double en en prenant moitié.

Que n'aimant qu'un jour,
Maîtresse trop chère
Change, tout à tour,
De lit ou d'amour,
Gai, gai, c'est l'amitié
Qui nous console en nous armant d'un verre,
Gai, gai, c'est l'amitié
Qui de son vin nous verse la moitié.

Si, dans son courroux,
Le destin contraire
Du besoin sur nous
Fait peser les coups,
Gai, gai, c'est l'amitié
Qui vient nous tendre une main tutélaire,
Gai, gai, c'est l'amitié
Qui de son or nous offre la moitié.

Que dans ses loisirs,
Femme un peu taquine
Vienne sans désirs
Troubler nos plaisirs,
Gai, gai, c'est l'amitié
Qui sait entrer dans ce qui nous chagrine,
Gai, gai, c'est l'amitié
Qui du fardeau vient prendre la moitié.

Sur nous exerçant
Son triste ravage,
Qu'un feu terrassant
Brûle notre sang,
Gai, gai, c'est l'amitié
Qui sait pour nous adoucir le breuvage,
Gai, gai, c'est l'amitié
Qui de nos maux nous ôte la moitié.

Quand, venant à moi,
La parque sévère
Dira : c'est à toi
A suivre ma loi,
Gai, gai, c'est l'amitié
Qui sera là pour fermer ma paupière;
Oui, grâce à l'amitié,
De moi la mort n'aura que la moitié.

GENTIL.

L'EMBARRAS DES FILLES.

Air: *V'la c'que c'est que l'carnaval.*

Mon Dieu! mon Dieu ! quel embarras
D'avoir une fill' sur les bras !
On se dit, dès son plus bas âge,
    Sera-t-elle sage,
    Heureuse en ménage?
Pendant vingt ans on n'pens' qu'à ça;
V'la c'que c'est qu'd'être papa.

A quatre ans, quel maudit sabat!
Ça mord, ça crie, ou bien ça bat;
Pour rendre l'espiègle muette
    On lèv' la jaquette ,
    On soufflette, on fouette,
Puis un baiser vient gâter ça;
V'la c'que c'est qu'd'être papa.

1822.

A huit ans, ça veut babiller,
Ça veut trancher, ça veut briller;
Soir et matin la p'tit' coquette
    Ne rêv' que toilette;
    Il faut qu'on achette
Colliers par-ci, brac'lets par-là;
V'la c'que c'est qu' d'être papa.

C'est à douze ans qu'faut voir venir
Des maîtres à n'en plus finir;
Danse, dessein, musique, histoire
    Enflent le mémoire,
    C'est la mer à boire;
Au bout du mois faut payer ça;
V'la c'que c'est qu' d'être papa.

Mais p'tit à p'tit v'là qu' ça grandit,
Et s'embellit et s' dégourdit;
De not' fille on vant' la figure,
    L'esprit, la tournure,
    Le ton, la parure,
Et nous mordons à c't ham'çon là;
V'la c'que c'est qu' d'être papa.

Un beau garçon s'présente enfin,
oux, honnête et l'cœur sur la main;
ns ses yeux son ardeur pétille,

Il plaît à la fille,
A tout' la famille;
Le père enchanté dit : Touch'là ;
V'la c'que c'est qu' d'être papa.

Bientôt les bancs sont publiés
Et nos jeunes gens mariés;
Au Cadran-Bleu l'festin s'ordonne;
    Tandis qu'il se donne
    L'mari déraisonne
En pensant qu'un jour il dira :
V'la c'que c'est qu' d'être papa.

A la fin du joyeux repas ,
Au couple heureux on tend les bras;
L'un quitte sa place et son verre,
    Saute au cou du père,
    L'autre au cou d'la mère
Qui pleure et dit en voyant ça :
V'la c'que c'est qu' d'être papa.

LE REFRAIN NORMAND.

Je me creusais la cervelle
Depuis trois jours vainement,
Lorsqu'enfin je me rappelle
Certain vieux refrain normand :
 Me voici, me voilà,
  Traderi dera
   La la la la.

Qu'un ami soit en alarmes
Par la perte de son bien,
Frère, il faut sécher tes larmes,
Lui dis-je en épicurien ;
 Me voici, me voilà,
  Traderi dera
   Ma bourse est là.

Un fauteuil d'Académie
Peut être un jour me plaira,
Lorsque sans cérémonie
Pour tout discours on dira :
 Me voici, me voilà,
  Traderi dera
   Ma place est là.

Que l'on regrette en famille
Un jeune guerrier absent,
Quel plaisir lorsque le drille
Ouvre la porte en disant :
    Me voici, me voilà,
     Traderi dera
      La croix est là.

Le français, près d'une belle
Aime à s'oublier souvent,
Mais dès que l'honneur l'appelle
Il s'écrie en se levant :
    Me voici, me voilà,
     Traderi dera
      Je suis bon là.

Auprès d'un tendron trop sage
Quand je crois perdre mes pas,
Son œil fier me décourage,
Mais l'Amour me dit tout bas,
    Me voici, me voilà,
     Traderi dera
      L'on y viendra.

Qu'un neveu s'impatiente
Auprès d'un oncle éternel,
Le docteur qui se présente

10.

Lui dit d'un ton solennel
  Me voici, me voilà,
    Traderi dera
     Ça finira.

Lise qu'un vieux barbon guette
Par cent refus l'éconduit;
Mais elle est douce et muette
Près d'un grivois qui lui dit:
  Me voici, me voilà,
    Traderi dera
     Parlons donc d'ça.

Quand la noire messagère
A nos portes frappera,
Qui fut bon sa vie entière,
Avec calme répondra:
  Me voici, me voilà,
    Traderi dera
     Tout finit là.

GENTIL.

~~~~~~

LA PLAIDEUSE

CHEZ SON PROCUREUR.

AIR : *Le petit mot pour rire.*

LA PLAIDEUSE.

CHEZ vous j'arrive incognito,
Pour quitter monsieur Brigandeau
   Votre digne confrère.
Longtemps j'ai souffert ses larcins ;
Mais aujourd'hui j'ai de ses mains (*bis.*)
   Retiré mon affaire.

LE PROCUREUR.

Pour une fille, en vérité !
L'on a bien peu d'humanité !
   Ce n'est pas sans colère
Que je vois les gens du Palais
Se livrer à de tels excès ;
   Mais voyons ton affaire.

LA PLAIDEUSE.

crois que vous devenez fou !
Ah ! Monsieur, laissez mon genou !
    Il serait nécessaire ,
Avec votre permission,
Que vous fissiez attention
    Plutôt à mon affaire.

LE PROCUREUR.

Belle brunette, assurément,
On ne saurait trop chaudement
    S'empresser pour te plaire ;
Et si je te parais distrait,
Ce n'est que pour ton intérêt ;
    Je pense à ton affaire.

LA PLAIDEUSE.

Je finirai par me fâcher !
Monsieur voudra-t-il me lâcher ?

LE PROCUREUR.

    Il faut me laisser faire.
La belle enfant, point de soucis ;
Je crois, par ma foi, que j'y suis ;
    Je saisis ton affaire.

Je réponds de tout; mais, d'abord,
Il faut au moins être d'acord ;
  Prends bien garde , ma chère ,
Que je suis certain du succès
Si tu ne vas pas tout exprès
  Déranger ton affaire.

La Plaideuse.

Puisque l'examen est fini,
Devenant inutile ici ,
  Je cours chez le notaire
Porter les papiers que voilà ;
Mais pendant que je serai là ,
  Pensez à mon affaire.

Le Procureur.

J'y veux mettre tout mon latin.
Ton impatience à la fin
  A mes vœux est contraire.
J'entends , en procureur adroit ,
Distinguer le fait et le droit
  Et revoir ton affaire.

~~~~~~

LA VOLUPTÉ.

Air *de la Ronde de Henri IV.*

Je cède au penchant qui m'entraîne,
Qui flatte mon premier désir :
Loin de moi j'écarte la gêne,
Et je ne cherche qu'à jouir.
Dès que je vois Lisette,
Aussitôt je suis transporté ;
Et pour refrain, sans cesse je répète :
Vive, vive la volupté !

Heureux, qui, dans la solitude,
Peut posséder joli minois !
Qui peut, sans nulle inquiétude,
L'instruire par ses doux exploits !
Gentille bachelette,
Voilà le plus beau des trésors ;
Quand je le tiens, nuit et jour je répète :
Amour, seconde mes transports !

Je nargue la mélancolie,
Et je me moque du chagrin;
A Lisette ou bien à Lesbie
Je bois toujours à verre plein :
    D'un nouvel Héraclite,
  Que mes plaisirs font dépiter,
En nourrisson de l'heureux Démocrite,
Sans cesse on m'entend plaisanter.

  D'un Crésus bouffi d'arrogance
Je ris de la fausse grandeur.
A la modeste bienfaisance
J'offre le tribut de mon cœur.
    Sans crainte, sans envie,
  Je ne sais point faire ma cour.
Tous mes bouquets sont pour ma tendre amie,
  Tous mes hommages pour l'Amour.

  Je veux que le goût, la sagesse,
Fassent naître vos sentimens;
Je veux que la délicatesse
Soit la base de vos penchans.
    Songez qu'une faiblesse
  Devient vertu dans un grand cœur;
Mais quand pour guide il choisit la bassesse,
  Le crime suit de près l'erreur.

Fuyez la sombre Jalousie;
Fuyez la pâle Ambition.
N'empoisonnez point votre vie
Par des désirs hors de saison.
   Que jamais la vengeance
Ne trouble la paix de vos jours ,
Et vous verrez la naïve Constance
Près de vous fixer les Amours.

MADAME GRÉGOIRE.

Air : *C'est le gros Thomas.*

C'était de mon temps
Que brillait madame Grégoire;
J'allais à vingt ans,
Dans son cabaret, rire et boire;
Elle attirait les gens
Par des airs engageans.
Plus d'un brun à large poitrine,
Avait là crédit sur sa mine.
Ah! comme on entrait
Boire à son cabaret!

D'un certain époux
Bien qu'elle pleurât la mémoire,
Personne de nous
N'avait connu défunt Grégoire;
Mais à le remplacer,
Qui n'eût voulu penser?
Heureux l'écot où la commère
Apportait sa pinte ou son verre!
Ah! comme on entrait, etc.

Je crois voir encor
Son gros rire aller jusqu'aux larmes,
Et sous sa croix d'or ,
L'ampleur de ses pudiques charmes.
Sur tous ses agrémens
Consultez ses amans ;
Au comptoir la sensible brune
Leur rendait deux pièces pour une.
Ah ! comme on entrait, etc.

Des buveurs grivois
Les femmes lui cherchaient querelle.
Que j'ai vu de fois
Des galans se battre pour elle !
La garde et les Amours
Se chamaillaient toujours.
Elle, en femme des plus capables,
Dans son lit cachait les coupables.
Ah ! comme on entrait, etc.

Quand ce fut mon tour
D'être en tout le maître chez elle,
C'était chaque jour
Pour mes amis fête nouvelle.
Je ne suis point jaloux ;
Nous nous arrangions tous.

L'hôtesse, poussant à la vente,
Nous livrait jusqu'à sa servante.
     Ah! comme on entrait, etc.

     Tout est bien changé!
N'ayant plus rien à mettre en perce,
     Elle prit congé
Et des plaisirs et du commerce.
     Que je regrette, hélas!
     Sa cave et ses appas!
Long-temps encor chaque pratique
S'écrira devant la boutique :
     Ah! comme on entrait
     Boire à son cabaret!

          P. J. DE BÉRANGER.

LA CONSOLATION

DE LA VIEILLESSE.

AIR *du pas des trois cousines.* (*La dansomanie.*)

Quand des ans la fleur printanière
S'effeuille sous les doigts du Temps,
Poursuivons gaiment la carrière ;
Un bel hyver vaut un printemps !
Pour moi l'impitoyable horloge
A soixante fois retenti ;
Mais s'il faut que l'Amour déloge,
Momus n'est pas encor parti.
Quand, etc.

C'est au soir des belles journées
Que l'amant brûle de désirs ;
Et de même au soir des années
L'homme goûte encor des plaisirs.
Quand, etc.

J'aimais les couleurs de Rosine,
J'aime les couleurs du raisin;
Je trinquais avec ma voisine,
Je m'enivre avec mon voisin. Quand, etc.

Chez moi plus de tendres missives;
Mais lorsque je veux rajeunir
Je relis mes vieilles archives,
Et j'y retrouve un souvenir. Quand, etc.

Au sofa, trône des caresses,
Succédera le couvert mis;
Aux baisers de jeune maîtresse
La gaîté de bons vieux amis. Quand, etc.

A ma voix, ma jument normande
Ne lutte plus avec le vent;
Mais Pégase, que je gourmande,
Me désarçonne encor souvent. Quand, etc.

Sur le galoubet, en cadence,
J'aime par fois à m'exercer;
Et j'ai du moins, si je ne danse,
Le plaisir de faire danser. Quand, etc.

Si je bronche en suivant les belles,
Chloé rit et me montre au doigt ;
Mais sa mère eut de mes nouvelles
Et sait bien que je marchais droit.
Quand, etc.

Si mon luth sous ma main tremblante
Ne produit plus que de vains sons,
De ma fille la voix naissante
Rajeunit mes vieilles chansons. Quand etc.

Hier voulant tenter une intrigue,
Tout à coup ma force expira ;
De ce soufflet, nouveau Rodrigue,
C'est mon fils qui me vengera. Quand etc.

Sachons donc de la destinée
Sous les fleurs amortir les coups ;
Et qu'à leur soixantième année
Nos enfans chantent comme nous :
Quand des ans la fleur printanière
S'effeuille sous les doigts du Temps,
Poursuivons gaîment la carrière :
Un bel hyver vaut un printemps.

Désaugiers.

LE RIEUR ÉTERNEL.

AIR : *En revenant de Bâle en Suisse.*

Amis , dans le siècle où nous sommes ,
Quand je vois nos graves esprits
Gémir sur les erreurs des hommes ,
Je les laisse faire et je dis :
    De tout il faut rire ,
    L'humeur ne vaut rien. } *bis en chorus.*
    Qu'aurions-nous à dire
    Si tout allait bien ?

Je ris d'un ignorant en place ;
Je ris d'un faquin en crédit ;
Je ris d'un amant à la glace ,
Et d'un sot qui fait l'érudit ,
    De tout il faut rire , etc.

Je ris de ce mari commode ,
Qui , tremblant de trop en savoir ,
Auprès d'une épouse à la mode
Ferme les yeux pour ne rien voir.
    De tout il faut rire , etc.

Je ris de l'avocat Monrose,
Qui tout rempli du droit français,
Parce qu'il tient la bonne cause,
Croit devoir gagner son procès.
    De tout il faut rire, etc.

Je ris de ce rimeur étique
Qui croit, inimitable auteur,
Fermer la bouche à la critique,
En faisant dîner le censeur.
    De tout il faut rire, etc.

Je ris d'une Agnès de village,
Qui novice jusqu'à quinze ans,
De Paris faisant le voyage,
Croit l'être encore bien long-temps.
    De tout il faut rire, etc.

Je ris de l'avare qui veille
Nuit et jour pour garder son or;
Je ris d'un époux qui sommeille
Auprès d'un plus charmant trésor.
    De tout il faut rire,
    L'humeur ne vaut rien.
    Qu'aurions-nous à dire
    Si tout allait bien.

Je ris d'une vieille au cœur tendre,
Et d'un Adonis édenté;
Je ris des pleurs que fait répandre
Un mélodrame à la Gaîté.

  De tout il faut rire, etc.

Quand d'une main je tiens ma coupe,
Mon Aglaé de l'autre main,
Des noirs soucis narguant la troupe,
Je ris de tout le genre humain.

  De tout il faut rire, etc.

Lorsqu'à la fin de ma carrière,
Les bons vivans m'auront absous,
Après avoir ri sur la terre,
Je descendrai rire dessous.

  De tout il faut rire,
  L'humeur ne vaut rien.
  Qu'aurions nous à dire
  Si tout allait bien ?

       CAPELLE.

LE VAUDEVILLE ET LE VIN.

Air : *La Boulangère a des écus.*

Couvrons de fleurs la faux du Temps;
　　Ce vieillard trop agile ,
Ne nous dit pas combien d'instans
　　La Parque encor nous file ;
Mais on attend gaîment sa fin
　　Avec le vaudeville
　　　Et le vin ,
　　Avec le vaudeville.

Pour calmer les tristes ardeurs
　　Qu'allume en nous la bile ,
Et pour adoucir les douleurs
　　D'une goutte indocile ,
Il ne faut d'autre médecin
　　Qu'un joyeux vaudeville
　　　Et du vin ,
　　Qu'un joyeux vaudeville.

Si vous n'offrez à la beauté
    Qu'un hommage inutile,
Ou si vous êtes supplanté
    Par un rival habile,
Consolez-vous le verre en main
    Avec le vaudeville
      Et le vin,
    Avec le vaudeville.

L'emploi des huissiers, des sergens
    Deviendrait fort stérile;
On n'aurait que de bonnes gens
    Aux champs comme à la ville;
Si chacun plus gai, plus humain,
    Chantait le vaudeville
      Et le vin,
    Chantait le vaudeville.

e spectateur, toujours nombreux,
    Serait moins difficile;
L'auteur profiterait bien mieux
    De sa muse fertile;
Si tout le public en refrain
    Chantait le vaudeville
      Et le vin,
    Chantait le vaudeville;

Puissent bientôt tous nos guerriers,
 Revenant à la file,
Unir à leurs nobles lauriers
 L'olivier plus utile ;
Et chanter tous, soir et matin,
 Le joyeux vaudeville
  Et le vin,
 Le joyeux vaudeville !

    Le comte DE SÉGUR.

~~~~~~

LE BRANLE DU CAPUCIN.

Rassemblés de tout notre hameau $\left.\right\}$ *bis en*
Nous allions tous danser un rondeau. $\left.\right\}$ *chœur.*
 J'aimons à danser,
  J' connaissons ben la cadence,
  J' savons fort ben comme on danse ;
  J'aimons à danser.
  Ah ! comm' ça met en train ,
   Ouin, ouin !
  Ah ! comm' ça met en train !

Chacun, à côté de son amante,
Foulait aux pieds l'herbette naissante ;
  J'aimons à danser, etc.

Nous voyons venir un capucin,
Nous allons lui présenter la main ;
  J'aimons à danser, etc.

« Mon père, avec nous sous la coudrette
Venez danser une chansonnette. »

12

— Je n' sais point danser,
Je n' connais point la cadence,
Je n' sais point comment on danse;
Je n' sais point danser. »
Ah! l' drôl' de capucin,
Ouin! ouin!
Ah! l' drôl' de capucin!

« Venez là-bas, nous vous supplions,
Ah! venez danser un rigodon. »
— Je n' sais point danser, etc.

« Prononcez, que faut-il pour vous plaire?
Dans le moment nous allons le faire. »
— Je n' sais point danser, etc.

« Bon capucin, nous vous donnerons
Un bel amict orné de galons; »
— Je n' sais point danser, etc.

« Mais si d'un magnifique breviaire
Nous vous offrions un exemplaire? »
— Je n' sais point danser.

« Mon père, d'un superbe chapeau
Nous promettons d' vous faire cadeau. »
— Je n' sais point danser, etc.

« Bon capucin, si sous notre auspice,
Vous obteniez un beau bénéfice? »
    — Je n' sais point danser, etc.

« Bon capucin, nous déboucherons
Une bonn' bouteille à long bouchon. »
    — Je n' sais point danser, etc.

« Mais si d'une fille appétissante,
Jeunette, sensible, séduisante?.. »
    — Que dit's-vous? danser?
  Mais qu'est-c' que c'est qu' la cadence?
  Comment est-ce que l'on danse? »
    Que dit's-vous? danser?
    Ah! l' drôl' de capucin,
      Ouin! ouin!
    Ah! l' drôl' de capucin!

« Si d'un tendron fait pour le plaisir
Nous promettions d' vous faire jouir? »
    — Je sais bien danser,
  J'entends très-bien la cadence,
  Je sais fort bien comme on danse,
    Je sais bien danser.
    V'là l' branl' du capucin,
      Ouin! ouin!
    V'là l' branl' du capucin! »

ROGER BONTEMPS.

Commençons la semaine,
Qu'en penses-tu voisin ?
Commençons par le vin,
Nous finirons de même ;
Vaut bien mieux moins d'argent,
Chanter, danser, rire et boire ;
Vaut bien mieux moins d'argent,
Rire et boire plus souvent.

Qu'en dis-tu, cher Grégoire,
De ce jus délicat ?
Tout le monde en fait cas ;
Vite courons en boire ;
Vaut bien mieux, etc.

Si ta femme te gronde,
Dis-lui pour l'apaiser :
A quoi bon amasser
Tous les biens de ce monde ?
Vaut bien mieux, etc.

Le fermier de la taille
Dit qu'il vendra mon bien;
Mais je m'en moque bien,
Je couche sur la paille.
Vaut bien mieux, etc.

Au compte de Barême
Je n'aurai rien perdu;
Je suis venu tout nu,
Je m'en irai de même;
Vaut bien mieux, etc.

Providence divine,
Qui veille sur nos jours,
Conserve nous toujours
La cave et la cuisine.
Vaut bien mieux, etc.

Quand l'inflexible Parque
Finira mon destin,
A Caron, pour refrain,
Je dirai dans sa barque :
Vaut bien mieux moins d'argent,
Chanter, danser, rire et boire :
Vaut bien mieux moins d'argent,
Rire et boire plus souvent.

Pour terminer la ronde,
Que chacun d'entre nous
Donne un baiser bien doux
A sa brune ou sa blonde.
Vaut bien mieux moins d'argent,
Chanter, danser, rire et boire ;
Vaut bien mieux moins d'argent,
Rire et boire plus souvent.

~~~~~~

FAUT FINIR PAR LA.

AIR : *Colinette au bois s'en alla.*

C'est un' fier chos' que c't amour là ;
Les jeun's, les vieux, tout l'monde aim'ça,
Tala deri dera, tala deri dera,
L'aut' jour, Colinett' s'en moqua,
Mais bientôt ell' s'en r'pentira,
Tala deri dera, tala deri dera,
Son p'tit cœur en murmur' déjà,
Ell' ne sait pas d'où vient cela,
    Son trouble l'inquiète.
Traderidera,la,la,la,la,la,la,la,la,la,la,laderidera

« Ah ! mon Dieu, d'où vient donc que j' soupire comme
ça sans savoir pourquoi ? Est-ce que ce serait de l'amour ? »

    Faut finir par-là,
      Colinette,
    Faut finir par-là.

Pendant ces réflexions voilà
Qu'un beau cavalier l'aborda ,
Ta la deri dera , (*bis.*)
D'un air poli la salua ;
Et puis après lui demanda....
Tala deri , etc.
Que lui demanda-t-il déjà ?
Vous devinez c'que c'était qu'ça :
   Le cœur d'la fillette.
Tra deri dera , etc.

« D'un seul mot vous pouvez faire mon bonheur , aimable bergère? — Mais Monsieur.... — Mais ma belle , »

   Faut finir par-là ,
     Colinette ,
   Faut finir par-là

La belle un instant balança ,
Jamais tout d'suite on ne fait c'saut là ,
Tala deri , etc.
Mais bientôt l'Amour se montra;
Tout bas à l'oreill' lui parla ,
Tala deri , etc.
Pourquoi fair' des façons comm' ça ,
Tandis qu'ton cœur brûle déjà ?

Rends-toi bergerette.
Tra deri, etc.

« Je suis jeune, imprudente, et je crains. — Bah ! craindre avec l'Amour, et d'ailleurs, »

> Faut finir par-là,
> Colinette,
> Faut finir par-là.

Il fallut s'rendre à c'discours là.
Le moyen d' résister à ça ?
Tala deri, etc.
Le beau cavalier triompha ;
Il prit sa main et la baisa,
Tala deri, etc.
Au temple d'Amour on alla ;
Devant l'autel on se jura
> Amitié parfaite,
Tra deri dera, etc.

« Quoi ! sitôt ! diront quelques personnes. — Certainement, le premier pris vaut deux, et elle fit bien, puisque tôt ou tard.... »

> Faut finir par-là,
> Bergerette,
> Faut finir par-là.

A. B.

~~~~~~

LE BONHEUR DE NOS AÏEUX.

Que jadis ils étaient heureux
Nos bons et modestes aïeux !
De ce vieil usurier rapace
Ils ne connaissaient point l'audace;
Un baiser était un trésor
Beaucoup plus précieux que l'or.
   Monsieur, montrez à mam'selle
   Comment on payait sa belle.

Que jadis ils étaient heureux
Nos bons et modestes aïeux !
Sans avoir appris l'éloquence
Ils s'exprimaient avec aisance;
Et par un baiser tout de feu,
Ils se faisaient un tendre aveu:
   Monsieur, montrez à mam'selle
   Comme on parlait à sa belle.

Que jadis ils étaient heureux
Nos bons et modestes aïeux !
Sans ministres et sans notaire
L'on se mariait à Cythère ;
Un baiser servait de contrat
Au pasteur comme au potentat :
   Monsieur, montrez à mam'selle
   Comme on épousait sa belle.

Que jadis ils étaient heureux
Nos bons et modestes aïeux !
Si parfois un sombre nuage
Troublait le calme du ménage,
Aussitôt un baiser bien doux
Venait apaiser les époux :
   Monsieur, montrez a mam'selle
   Comme on appaisait sa belle.

Que jadis ils étaient heureux
Nos bons et modestes aïeux !
Lorsque le maître du tonnerre
Faisait frissonner la terre,
De cent baisers entre ses bras
Colin couvrait d'humbles appas :
   Monsieur, montrez à mam'selle
   Comme on protégeait sa belle.

Que jadis ils étaient heureux
Nos bons et modestes aïeux !
Sans démentir son caractère,
On abandonnait cette terre :
Un baiser pour le sombre bord
Etait l'unique passe-port :

 Monsieur, montrez à mam'selle
 Comment on quittait sa belle.

~~~~~~

LA SAISON DE L'AMOUR.

Voici venir le doux printemps,
Allons danser sous la coudrette.
La nature a marqué ce temps
Pour que le plaisir eût sa fête.
Ah! craignons de perdre un seul jour
De la belle saison d'amour.

De l'eau qui court sur ces cailloux
L'agréable et tendre murmure,
Le bruit si léger et si doux
Du zéphyr et de la verdure,
Tout dit : Craignez de perdre un jour
De la belle saison d'amour.

Le pinson, dans ces bosquets verts,
Sur cet ormeau, la tourterelle,
L'alouette, au milieu des airs,
Le grillon sous l'herbe nouvelle,
Chantent : Craignez de perdre un jour
De la belle saison d'amour.

1822.   13

Hélas ! hélas ! ce beau printemps
Qui quelques jours à peine dure,
Ne revient point pour les amans,
Comme il revient pour la nature !
Craignez, craignez de perdre un jour
De la belle saison d'amour.

LE JUGEMENT DERNIER.

Air du *Bastringue*.

Humains, vous allez tous danser ;
Qu'on se range,
Voici l'ange ;
Il vient d'en haut vous annoncer
Que le grand bal va commencer.

Au son bruyant de la trompette,
Que l'écho mille fois répète,
Grands et petits, vilains et beaux,
Vont tous sortir de leurs tombeaux.
Humains, etc.

Le boiteux, pour entrer en lice,
Court après sa jambe ou sa cuisse ;
Le manchot va par les chemins
Ramasser son bras ou ses mains.
Humains, etc.

Avec orgueil la vieille touche
Ses dents qui rentrent dans sa bouche ;
Et plus loin, l'aveugle joyeux
A tâton retrouve ses yeux. Humains, etc.

Dirai-je par quelles merveilles
Mentons, bras, nez, dents, pieds, oreilles.
A la fois se retrouveront?
Ceux qui le verront le croiront.
Humains, etc.

Bientôt dans la même vallée
L'espèce humaine rassemblée
Offrira tous les trépassés
De nos temps et des temps passés.
Humains, etc.

On verra dans la même ronde
Danser tous les peuples du monde:
Les vainqueurs avec les vaincus;
Les galans avec les c....
Humains, etc.

L'incrédule, riant sous capo,
Se trouvera tout près d'un pape;
Un sacristain, un maître-ès-arts
Se trouvera près des Césars.
Humains, etc.

On verra marcher sans grabuge
L'avocat, le témoin, le juge;
Et le plaideur, qu'ils ont plumé,
De les revoir sera charmé.
Humains, etc.

Roi, duc, marquis, baron, vicomte,
Aux manans parleront sans honte;
Le sort peut-être aura rendu
Le bourreau voisin d'un pendu.
Humains, etc.

Malgré leur rang, il est croyable
Que bien des gens iront au diable;
Et bien peu, du moins on le croit,
Iront au paradis tout droit.
Humains, etc.

Qui sait ce que Dieu nous réserve?
N'y pouvant rien changer, j'observe
Que tout calcul est imprudent;
J'aime mieux boire en attendant.
Humains, vous allez tous danser;
    Qu'on se range,
    Voici l'ange;
Il vient d'en haut vous annoncer
Que le grand bal va commencer.

C'EST, DEVINEZ QUOI?

Savez-vous bien ce qu'il faut aux fillettes
Quand les voyez devenir grandelettes ?
  C'est un amant.
C'est ce qui les rend très-coquettes,
Ce qui les fait rêver seulettes.
  C'est un amant
  Joli, jeune et galant.

Savez-vous bien ce qui convient aux belles,
Et qui toujours est fort bien avec elles?
  C'est un miroir.
A cet amant toujours fidèles,
Point d'yeux, point de regards rebelles;
  C'est un miroir
  Qui seul a ce pouvoir.

Savez-vous bien ce qu'il faut aux coquettes,
Quand est passé joli temps d'amourettes ?
  C'est un mari.
Quel tourment de vieillir seulettes !
Que faut-il aux vieilles fillettes ?
  C'est un mari
  Lié par un bon oui.

Savez-vous bien ce qui jamais n'ennuie
Et plaît toujours sans exciter l'envie ?
C'est la gaîté ;
Cette aimable philosophie
Nous fait gaîment passer la vie.
C'est la gaîté
Qui soutient la santé.

Savez-vous bien ce qui peut vous réduire,
Hommes si vains, qui pensez tout séduire ?
C'est un coup d'œil.
En vain vous affectez l'empire ;
Faut-il par le nez vous conduire,
C'est un coup d'œil
Qui dompte votre orgueil.

Savez-vous bien qui console les vieilles
De n'être plus ni fraîches ni vermeilles ?
C'est leur caquet ;
Doux amusement de leurs veilles,
Tout ce qui reste aux pauvres vieilles
C'est leur caquet,
Nous lançant not' paquet.

Savez-vous bien ce qu'il faut sur la terre,
Et qui partout au monde est nécessaire ?
C'est de l'argent.

C'est par-là qu'un nigaud sait plaire;
Qu'une laide fait tant la fière.
C'est de l'argent,
Par qui tout est charmant.

LA CHASSE AUX OISEAUX.

Air : *Ah ! le bel oiseau, maman !*

Les oiseaux,
Vilains ou beaux,
Sont une race
Vorace;
Tendons, tendons nos réseaux :
Faisons la chasse
Aux oiseaux.

Entre les humains placés,
Et sous l'humaine figure,
L'on verra toujours assez
D'oiseaux de mauvais augure !
Les oiseaux, etc.

Un tendre ami nous séduit;
Mais, malgré son beau ramage,
Dans la détresse il nous fuit;
C'est un oiseau de passage.
Les oiseaux, etc.

Le prêteur, le commerçant,
Cousins des oiseaux de proie,
De leurs serres nous pressant,
Nous écorchent avec joie.
    Les oiseaux, etc.

Pouvons-nous, en buvant sec,
Nous égayer sous l'ombrage,
Sans craindre les coups de bec
Des hibous du voisinage?
    Les oiseaux, etc.

Briguons-nous par nos travaux
Un succès chez Melpomène,
Un nuage d'étourneaux
Fond sur nous et sur la scène.
    Les oiseaux, etc.

Par Apollon protégés,
Enfantons d'heureux volumes;
Bientôt il viendra des geais
Pour se parer de nos plumes.
    Les oiseaux, etc.

A Cythère bien venus,
Tentons-nous une aventure,
Des colombes de Vénus
Nous devenons la pâture.
    Les oiseaux, etc.

Chez Plutus nous gémirons
Sous la griffe des harpies ;
Chez l'Hymen nous ne verrons
Que des coucous et des pies.

  Les oiseaux, etc.

Soyons sans argent un jour
Pour nous loger ou pour vivre,
Nous verrons monsieur Vautour
Avec fureur nous poursuivre.

  Les oiseaux, etc.

Parmi tant d'écueils nouveaux ,
Parmi tant d'oiseaux funestes,
Vivent du moins les corbeaux...!
Ils ne mangent que nos restes.

  Les oiseaux,

   Vilains ou beaux,

  Sont une race

   Vorace ;

Tendons, tendons nos réseaux ;

  Faisons la chasse

   Aux oiseaux.

    ARMAND-GOUFFÉ.

BACCHUS ET L'AMOUR.

Air : *La bonne aventure ô gai !*

Dedans mon petit réduit
    Je vis à mon aise;
Je n'ai qu'une table, un lit,
    Un verre, une chaise ;
Mais je m'en sers chaque jour
Pour caresser tour à tour
    Ma pinte et ma mie!
        O gai,
    Ma pinte et ma mie.

Vivre au sein de la grandeur
    Me fait peu d'envie;
On y doit au spectateur
    Compte de sa vie ;
Mais dans mon obscurité
Je possède en liberté
    Ma pinte et ma mie, etc.

Dans tous les brillans emplois
　Qu'un sot orgueil brigue ,
On est sujet à des lois
　Dont le joug fatigue.
Pour moi , libre de tous soins,
Je prends , selon mes besoins ,
　Ma pinte et ma mie,
　　　O gai ,
　Ma pinte et ma mie.

Je ne veux point des grands mots
　Être la victime ;
De la gloire des héros
　Je fais peu d'estime.
N'ai-je pas assez vécu ,
Quand j'ai su mettre sur cu
　Ma pinte et ma mie,
　　　O gai, etc.

Qu'au travers de mille morts ,
　Sur la terre et l'onde ,
On coure après des trésors
　Dans un nouveau monde ;
Je crois avoir tous les biens
Lorsque dans mes bras je tiens
　Ma pinte et ma mie , etc.

Qu'on apprenne à grands travaux
La fable et l'histoire ,
Aux faits anciens et nouveaux
Je cède la gloire ;
Mon savoir le plus profond
Est de bien sonder à fond
Ma pinte et ma mie, etc.

Des simples et des métaux
Cherchant l'analyse ,
Pour échauffer les fourneaux
Le souffleur s'épuise.
Moi souvent, sans trop souffler ,
Je sais faire distiller
Ma pinte et ma mie , etc.

La promenade et le jeu
N'ont rien qui me pique ;
Un concert me touche peu ;
Foin de la musique !
Je ne veux pour m'amuser
Que remplir et renverser
Ma pinte et ma mie ,
O gai !
Ma pinte et ma mie.

Attribuée à Ponteau.

IL N'EN FAUT PAS LONG.

AIR : *Paira qui pourra , la lira.*

L'AUTRE jour à Colinette,
Colin disait tendrement,
« Ce cœur-là , chère brunette ,
T'aime passionnément »
A ces mots, la belle est muette,
Mais de volupté son cœur bat :
Dam'! c'est qu'd'un discours comm' celui-là ,
Pour charmer (*bis*) un' fillette ,
Il n'en faut pas long, la rirette ,
Il n'en faut pas long , la rira.

Colin lui montre, en cachette,
Un petit bout de ruban;
Tout aussitôt Colinette
Dit : « Je le trouve charmant ;
Vite il faut à ma collerette ,
Mon cher Colin, mettre cela ; »
Dam'! c'est qu' d'un ruban comm' celui-là ,
Pour tenter un' fillette , etc.

Il s'enfuit sous la coudrette,

Tenant toujours son ruban,

Et pour l'avoir Colinette

De près poursuit son amant ;

Enfin tant courut la pauvrette,

Que de fatigue elle tomba :

Dam' ! c'est qu' d'un chemin comm' celui-là,

Pour lasser (*bis*) un' fillette,

Il n'en faut pas long, la rirette,

Il n'en faut pas long, la rira.

CHARLES BRUNET.

LE SANS SOUCI.

AIR : *V'là c' que c'est qu' d'aller au bois.*

De la gaîté, de l'enjoument
Présenter le tableau charmant ;
Des grands salons fuir l'étiquette,
   Puis à la guinguette
   Se mettre en goguette ;
Être franc luron, bon ami,
V'là c' que c'est qu'un Sans-souci.

Être joyeux comme un pinson,
Composer gentille chanson ;
   Préférer à la politique
   Un couplet bachique,
   Tendre ou satirique ;
En tous temps être réjoui, V'là c' que, etc.

Content de son obscurité,
Rire et chanter en liberté ;
Sans jamais craindre l'onde noire,
   A force de boire
   Chasser l'humeur noire ;
Sabler le Champagne et l'Aï, V'là c' que, etc.

4

N'avoir que Momus pour patron,
Rire de la barque à Caron;
Chérir la couronne de lierre;
　　Ne faire la guerre
　　Qu'en vidant son verre ;
Boire, chanter et rire ici,
V'là c' que c'est qu'un Sans-souci.

Faire l'amour, faire le bien,
Prendre la gaîté pour soutien;
Chérir tendrement une belle ;
　　Est-elle infidelle,
　　Changer ainsi qu'elle,
Et par une autre être chéri,
V'là c' que c'est qu'un Sans-souci.

Rire toujours des coups du sort;
En buvant voir venir la Mort;
A la main lui mettant un verre
　　Rempli de Tonnerre,
　　Avec la mégère,
Trinquer sans froncer le sourcil,
V'là c' que c'est qu'un Sans-souci.

ALEXANDRE.

~~~~~~

LE CHANT.

AIR : *La boulangère a des écus.*

Le chant est un don que des dieux
   Nous fit la main féconde;
Aussi tout chante à qui mieux mieux
   Sur la machine ronde.
Répétez donc tous avec moi :
    Tout nous fait dans ce monde
      La loi
   De chanter à la ronde.

Pour nous faire entendre son chant
   Si perçant, si sonore,
On sait que le coq vigilant
   S'éveille avant l'aurore.
Répétez, etc.

Au lever de l'astre brillant,
   La gentille alouette,
Dans son vol vers lui s'élevant,
   Chante sa chansonnette.
Répétez, etc.

Les autres oiseaux, tout le jour
    Cachés sous le feuillage,
Par leurs douces chansons d'amour
    Enchantent le bocage.
Répétez, etc.

La nuit même, au milieu des bois,
    L'aimable Philomèle
Fait au loin retentir sa voix,
    Et si pure et si belle.
Répétez, etc.

Près du berceau de son enfant
    Chante la tendre mère.
Le brave chante en affrontant
    Les périls de la guerre.
Répétez, etc.

Le poltron par un chant trompeur
    Se déguise sa crainte,
Et tâche de chasser la peur
    Dont son âme est atteinte. Répétez, etc.

En chantant et soir et matin
    Pour égayer sa route,
Le voyageur fait son chemin
    Sans presque qu'il s'en doute. Répétez, etc.

Ils chantent ces bons laboureurs
   Qui sillonnent la plaine ;
Ils chantent ces gais moissonneurs
   Pour alléger leur peine.
Répétez, etc.

Sur nos coteaux, des vignerons
   Les accens se confondent,
Et tous les échos des vallons
   Ensemble leur répondent.
Répétez, etc.

En faisant paître leur troupeau,
   Le berger, la bergère,
S'accompagnant du chalumeau,
   Chantent sur la fougère.
Répétez, etc.

Filles et garçons du hameau,
   Quand leurs travaux finissent,
Pour chanter gaîment, sous l'ormeau,
   Le soir se réunissent. Répétez, etc.

Le barde chante les héros
   Et leur gloire immortelle.
Le troubadour chante les maux
   Qu'il souffre pour sa belle. Répétez, etc.

La belle, qu'un trop tendre amour
 Fait rêver et captive,
Chante vers le déclin du jour
 La romance plaintive.
Répétez, etc.

Pour obtenir plus sûrement
 Les secours qu'il réclame,
C'est en chantant que l'indigent
 Cherche à toucher notre âme.
Répétez, etc.

Le vieillard, déjà tout cassé,
 Goûte encor quelque ivresse
En chantant l'air qu'au temps passé
 Aimait tant sa maîtresse.
Répétez, etc.

Entre le rouge et le clairet,
 Qu'il boit à tasse pleine,
J'entends Grégoire au cabaret,
 Qui chante à perdre haleine. Répétez, etc.

Écoutez ces autres buveurs
 A face rubiconde ;
De Bacchus goûtant les faveurs,
 Ils chantent à la ronde : Répétez, etc.

C'est par des chants que nos repas
  Finissent d'ordinaire :
Si la chanson n'en était pas,
  Quel festin pourrait plaire?
Répétez, etc.

Enfin, du pôle à l'équateur,
  Du couchant à l'aurore,
Le chant est le gai bienfaiteur
  Que tout mortel implore...
Concluez donc tous avec moi
  Que tout fait dans ce monde
      La loi,
De chanter à la ronde.

J. BLONDEAU, de Commercy.

~~~~~~

LES EXPIATIONS.

Air : *Allons donc, mademoiselle.*

Partout, madame, où vous êtes,
Vous allez, quêtant les cœurs ;
Et la quête que vous faites
Sème la disette ailleurs.
Contre vous Paphos fulmine :
Pour fléchir un dieu malin,
Et vite, en bonne voisine,
Prêtez la joue au voisin.

Monsieur, votre esprit sait faire
Beaucoup de frais pour charmer ;
Cherchez un peu moins à plaire,
Sachez un peu mieux aimer.
Contre vous Paphos fulmine :
Pour fléchir un dieu malin,
Donnez vite à la voisine
Un baiser, en bon voisin.

Votre œil malin nous agace,
Belle, mais ce n'est qu'un jeu ;
Votre âme reste de glace
Quand vous mettez tout en feu.
Contre vous Paphos fulmine :
Pour fléchir un dieu malin,
Et vite, en bonne voisine,
Prêtez la joue au voisin.

Traître, vous jurez aux dames
D'être fidèle à jamais ;
Et vos plus durables flammes
Ne sont que des feux follets.
Contre vous Paphos fulmine :
Pour fléchir un dieu malin,
Donnez vite à la voisine
Un baiser, en bon voisin.

Faut-il, ange de sagesse,
Être si grave à vingt ans ?
Ah ! songez que la jeunesse
Fuit sur les ailes du Temps.
Contre vous Paphos fulmine :
Pour fléchir un dieu malin,
Et vite, en bonne voisine,
Prêtez la joue au voisin.

15

Vous qui brûlez en silence,
Sachez, nouveau Céladon,
Que c'est une douce offense
Qui mérite un doux pardon.
Contre vous Paphos fulmine :
Pour fléchir un dieu malin,
Donnez vite à la voisine
Un baiser, en bon voisin.

Nul amant, beauté sauvage,
Ne parvient à vous toucher ;
Votre cœur, dans le jeune âge,
Est plus dur qu'un vieux rocher.
Contre vous Paphos fulmine :
Pour fléchir un dieu malin,
Et vite, en bonne voisine
Prêtez la joue au voisin.

A plus d'un rendez-vous tendre
Vous allez, beau chevalier ;
Mais, dans la crainte d'attendre,
Vous arrivez le dernier.
Contre vous Paphos fulmine :
Pour fléchir un dieu malin,
Donnez vite à la voisine
Un baiser, en bon voisin.

Ma gentille jouvencelle,
On sait aussi de vos tours :
N'avez-vous pas coupé l'aile
Du plus joli des Amours ?
Contre vous Paphos fulmine :
Pour fléchir un dieu malin,
Et vite, en bonne voisine,
Prêtez la joue au voisin.

Jeune favori des belles,
Quelle erreur guide vos pas ?
Vous voltigez auprès d'elles ;
Mais vous ne vous fixez pas.
Contre vous Paphos fulmine :
Pour fléchir un dieu malin,
Donnez vite à la voisine
Un baiser, en bon voisin.

Vos attraits, femme charmante,
Font naître mille désirs ;
Et votre rigueur constante
Fait pousser mille soupirs.
Contre vous Paphos fulmine :
Pour fléchir un dieu malin,
Et vite, en bonne voisine
Prêtez la joue au voisin.

Si l'on en conte à madame,
Monsieur, vous prenez l'air doux ;
Mais on pénètre votre âme,
Et vous n'êtes qu'un jaloux.
Contre vous Paphos fulmine :
Pour fléchir un dieu malin,
Donnez vite à la voisine
Un baiser, en bon voisin.

Puisque de péchés blâmables
Nous voilà tous convaincus,
A l'envi, pécheurs aimables,
Répétons tous en chorus :
Contre nous Paphos fulmine :
Pour fléchir un dieu malin,
Embrassons, voisin, voisine,
Vite voisine et voisin.

DURZY.

RONDE

DE LA MARCHANDE DE GOUJONS.

AIR : *C'est de l'or, de l'or, de l'or.*

C'est l'amour, l'amour, l'amour,
 Qui fait le monde
  A la ronde,
 Et chaque jour,
  A son tour,
 Le monde fait l'amour.

Qui rend la femme plus docile,
Et qui sait doubler ses attraits ?
Qui rend le plaisir plus facile ?
Qui fait excuser ses excès ?
 Qui rend plus accessibles
 Les grands dans leurs palais ?
 Qui sait rendre sensibles
 Jusques aux sous-préfets ?
 C'est l'amour, etc.

Qui donne de l'âme aux poëtes,
Et de la joie aux moins lurons ?
Qui donne de l'esprit aux bêtes,
Et du courage aux plus poltrons ?

15..

Qui donne des carrosses
Aux tendrons de Paris ?
Et qui donne des bosses
A beaucoup de maris ? C'est l'amour, etc.

Que fait une nouvelle artiste
Qui veut s'assurer des amis ?
Que fait une jeune modiste
Pour se mettre en vogue à Paris ?
  Que font dans les coulisses
  Les banquiers, les docteurs,
  Et que font les actrices
  Avec certains auteurs? C'est l'amour, etc.

Sur le rocher le plus sauvage,
Dans les palais, dans les vallons,
Dans l'eau, dans l'air, dans le bocage,
Sous le chaume, dans les salons,
  Que font toutes les belles,
  Les amans, les époux ?
  Que font les tourterelles,
  Et même les coucous ?
C'est l'amour, l'amour, l'amour,
    Qui fait le monde
      A la ronde,
    Et chaque jour,
      A son tour,
  Le monde fait l'amour.

~~~~~~

GASPARD ET LISE.

Air : *O gué lon la !*

Gaspard, un jour, trouvant Lise
Dans un taillis sombre et frais ,
Dit : « L'moment nous favorise ,
Et si vous m'aimez, j'voudrais.... »
O gué lon la landerirette,
O gué lon la landerirera.

La belle, en s'couvrant l'visage ,
Répond avec sentiment :
« Quoiqu'on aime, on peut êt' sage ;
Faut-il donc absolument ?... »
O gué lon la landerirette,
O gué lon la landerirera.

« Sans doute il le faut, mam'zelle ;
(Répond l'amoureux Gaspard ;)
Chacun sait q'la plus rebelle
En aimant doit finir par.... »
O gué lon la landerirette,
O gué lon la landerirera.

A c'propos, Lis' convaincue,
Sourit ; et, n'répliquant rien,
Sur l'gazon, à d'mi vaincue,
Tombe en fille qui veut bien....
O gué lon la landerirette,
O gué lon la landerirera.

Croyant qu'c'est involontaire,
Gaspard la r'met sur ses pieds.
« Grand merci, dit la bergère ;
Mais j'avais cru q'vous vouliez... »
O gué lon la landerirette,
O'gué lon la landerirera.

« Je voulais, dit l'imbécile,
Baiser vot' main, » — « La voici ;
Mais avec un plus habile
Je reviendrai faire ici... »
O gué lon la landerirette,
O gué lon la landerirera.

« Je reviendrai faire un' chute
Qui profit' mieux à l'amour » —
« Ah , mon Dieu ! quoi ! c'te culbute,
Mam'zelle Lis', c'était donc pour... »
O gué lon la landerirette,
O gué lon la landerirera.

« J'avais craint d'vous faire injure;
Mais quoiq'ça, je vous en sais gré;
R'tombez un peu, j'vous conjure,
Pour voir comme j'vous r'lev'rai... »
O gué lon la landerirette,
O gué lon la landerirera.

« Adieu, Gaspard, (répond Lise);
J'vous estim' toujours beaucoup;
Mais moi j'naim' pas qu'on s'ravise;
Il fallait du premier coup... »
O gué lon la landerirette,
O gué lon la landerirera.

VA TOUJOURS.

AIR : *C'est l'amour, l'amour, l'amour.*

VA toujours, toujours, toujours,
Jamais, jamais ne te lasse ;
C'est la loi du Temps qui passe,
C'est le vœu des Amours.

Dans la saison où le cœur tendre
Éprouve un doux besoin d'aimer,
En vain elle veut s'en défendre,
Fillette se laisse enflammer ;
　　Des rigueurs de la belle,
　　Jeune amant, ne crains rien ;
　　Pour fléchir la cruelle
　　Il n'est qu'un seul moyen.　　Va, etc.

Si d'une maîtresse volage
Tu chéris toujours les attraits,
Si l'ami que ton cœur soulage
Rougit un jour de tes bienfaits ;
　　Est-il dans l'infortune,
　　A-t-elle un noir chagrin,
　　Ouvre tes bras à l'une,
　　A l'autre tends la main.　　Va, etc.

Blaise a laissé là son village,
Et vient prendre femme à Paris ;
Blaise prétend être en ménage
Le plus fortuné des maris.
    Épouse aimable et belle,
    Que la raison conduit ;
    Tendre, et surtout fidèle,
    Voilà ce qu'il poursuit... Va, etc.

De la Néva jusques au Tage
On a vu nos braves guerriers,
En tous lieux s'ouvrant un passage,
Cueillir les plus nobles lauriers ;
    Courtisant, à la ronde,
    Et Bacchus et l'Amour,
    Ils parcouraient le monde,
    En chantant nuit et jour : Va, etc.

Autour de nous, d'un vol agile,
Le plaisir fuit comme le vent ;
Comment donc rester immobile
Dans un monde toujours mouvant ?
    Cet adage suprême
    Retentit dans les airs ;
    Et l'Éternel lui-même
    A dit à l'univers :... Va, etc.

Que dit un œil noir comme ébène
Au jeune amant brûlant d'ardeur ?
Que dit une cave bien pleine
A la soif d'un joyeux buveur ?
 Que dit à la roulette
 Ce vaurien trop heureux ?
 Et que dit la grisette
 Au barbon généreux ?
Va toujours, etc.

En dépit de mainte ordonnance
Que me prescrit la Faculté ;
En dépit de mainte sentence
Qui menace ma liberté ;
 En dépit de la grêle ,
 Des vents et des frimas ,
 Gaîté , sois-moi fidèle
 Jusqu'à mon dernier pas.

Va toujours , toujours , toujours ,
Jamais , jamais ne te lasse ;
C'est la loi du temps qui passe ,
C'est le vœu des Amours.
     D. L.

~~~~~~

LA CHASSE.

C'est ici des bois de Cythère
Le plus agréable canton,
Ton, ton, ton, ton, tontaine, ton, ton;
Sous la plus petite bruyère,
Il est du gibier à foison,
 Ton, ton, tontaine, ton, ton.

Si l'on manque souvent sa proie,
N'en cherchez pas d'autre raison,
Ton, ton, ton, ton, tontaine, ton, ton;
C'est qu'on s'écarte de la voie,
Et que le piqueur n'est pas bon,
 Ton, ton, tontaine, ton, ton.

Apprenez les règles succinctes
De la chasse de Cupidon,
Ton, ton, ton, ton, tontaine, ton, ton;
Il ne faut point faire d'enceintes,
Ce n'est pas la bonne façon,
 Ton, ton, tontaine, ton, ton.

Ne chassez point sur les brisées
Qu'avant vous d'autres chasseurs font,
Ton, ton, ton, ton, tontaine, ton, ton ;
Ce sont des prises trop aisées,
Et le plaisir n'en est pas long,
   Ton, ton, tontaine, ton, ton.

Si vous revoyez à la quête
Un pied bien petit, bien mignon,
Ton, ton, ton, ton, tontaine, ton, ton ;
C'est bon signe ; et, sans voir la tête,
Il est courable, j'en répond,
   Ton, ton, tontaine, ton, ton.

Évitez de prendre le change,
Le cerf de meute est le seul bon,
Ton, ton, ton, ton, tontaine, ton, ton ;
Dès qu'une fois on s'en dérange,
En vain l'on sonne sur ce ton,
   Ton, ton, tontaine, ton, ton.

Tomber en défaut, c'est un crime,
Mais qui mérite le pardon,
Ton, ton, ton, ton, tontaine, ton, ton ;
Le trop d'ardeur qui nous anime
En est quelquefois la raison,
   Ton, ton, tontaine, ton, ton.

Oulvary ! reprenez courage !
Ce n'est pas un si grand affront,
Ton, ton, ton, ton, tontaine, ton, ton ;
Qui se dépite n'est pas sage;
On le répare en tenant bon,
   Ton, ton, tontaine, ton, ton.

Aux abois quand la bête est mise,
Profitez de l'occasion,
Ton, ton, ton, ton, tontaine, ton, ton ;
Mais ne sonnez jamais la prise ;
La fanfare est d'un fanfaron,
   Ton, ton, tontaine, ton, ton.

Ces règles qu'ici je vous donne,
En ai-je fait usage? non.
Ton, ton, ton, ton, tontaine, ton, ton ;
A la chasse assez bien je sonne,
Mais je fais toujours creux buisson,
   Ton, ton, tontaine, ton, ton.

Si quelquefois d'une fourrée
J'ait fait lever gentil tendron,
Ton, ton, ton, ton, tontaine, ton, ton ;
Jamais je n'en fis la curée,
Pour m'amuser trop à ce ton,
   Ton, ton, tontaine, ton, ton.

Je fais l'aveu de mes faiblesses,
Bien loin de me croire un Caton,
Ton, ton, ton, ton, tontaine, ton, ton.
Tandis qu'en vantant ses prouesses,
Amant, chasseur, fait le gascon,
Ton, ton, tontaine, ton, ton.

LE LON LAN LA DERIRETTE.

Dans Paris, la grande ville,
Il est un philosophe habile
Qui du sexe prend un écu
Pour donner du lon lan la derirette,
Qui du sexe prend un écu
Pour donner de sa vertu.

Il y vint une dévote,
Qui dit, d'une façon bigote :
« Pour moi, Monsieur, et mon écu,
Donnez-moi du lon lan la derirette,
Pour moi, Monsieur, et mon écu,
Donnez-moi de sa vertu. »

Il y vint une joueuse
Qui dit : « Que je suis malheureuse !
J'ai tout joué, j'ai tout perdu ;
Ma ressource est lon lan la derirette ;
J'ai tout joué, j'ai tout perdu ;
Ma ressource est dans sa vertu.

16..

Il y vint une fringante,
Qui dit d'une façon galante :
« Et vite et tôt, pour mon écu,
Donnez-moi du lon lan la derirette,
Et vite et tôt, pour mon écu,
Donnez-moi de sa vertu. »

Il en vint une timide
Qui dit : « Ma mère est trop rigide ;
En cachette et pour mon écu,
Donnez-moi du lon lan la derirette,
En cachette et pour mon écu,
Donnez-moi de sa vertu. »

Il en vint de tant de sortes,
Que le savant ferma ses portes,
Et dit : « Je suis trop abattu....
Au diable le lon lan la derirette !
Je suis beaucoup trop abattu,
Pour donner de sa vertu.

LA NIAISE RUSÉE.

CHARLOTTE , avec ses amis ,
On ne doit pas avoir honte ;
Cette automne... ah ! j'en frémis...
Il faut que je te le conte...
    Aye, aye, aye, Jeannette,
    Jeannette, aye, aye, aye.

Cette automne, un beau berger
Me dit : Jeanneton, ma mie,
Tu peux venir sans danger
Avec moi dans la prairie.
    Aye, aye, etc.

Je le suivis bonnement
Du vallon dans un bois sombre ;
Auprès d'un ruisseau charmant,
Nous nous assîmes à l'ombre.
    Aye, aye, etc.

Il me tenait des discours
D'un air si vif et si tendre,
Qu'en vérité des plus sourds
Il se serait fait entendre. Aye, aye, etc.

En vain aurais-je tâché
De m'enfuir, chère Charlotte ;
Le drôle avait attaché
Son justaucorps à ma cotte.
    Aye, aye, etc.

J'eus beau tenir ses deux mains ;
Je crois que le bon apôtre
Pour parvenir à ses fins
En avait encore une autre.
    Aye, aye, etc.

Entre ses bras caressans
Je demeurai sans courage ;
Et quand j'eus repris mes sens,
Je le trouvai bien plus sage.
    Aye, aye, etc.

Pardon il me demanda ;
Ainsi finit la querelle ;
Mais je puis me vanter, dà,
De l'avoir échappé belle.
    Aye, aye, aye, Jeannette,
    Jeannette, aye, aye, aye.

LA FILLE PÊCHÉE.

L'un de ces jours, dans un vallon,
  La verdrillon, la verdrille,
Je rencontre un' fill' qui sautille,
Verdrillon, verdrillette, verdrille,
  Qui voulait prendre un papillon,
La verdrillette, la verdrillon.

  Qui voulait prendre un papillon,
    La verdrillon, la verdrille;
  Dans le jonc son pied s'entortille,
  Verdrillon, verdrillette, verdrille,
    Et la v'là dans l'iau tout d' son long,
  La verdrillette, la verdrillon.

    Et la v'là dans l'iau tout d' son long,
      La verdrillon, la verdrille;
    A son secours vint un bon drille,
    Verdrillon, verdrillette, verdrille,
      Qui la pêchit comme un poisson,
    La verdrillette, la verdrillon.

Qui la pêchit comme un poisson,
 La verdrillon, la verdrille;
Reconnaissante autant qu' gentille,
Verdrillon, verdrillette, verdrille,
 Ell' donne un baiser à c' garçon,
La verdrillette, la verdrillon.

NANETTE ET PIERROT.

Un jour, au bois Nanette allait,
Pinbiberlo, pinbiberlobinet ,
Et de loin Pierrot la suivait,
Pinbiberlo, pinbiberlobinet.

Et de loin Pierrot la suivait,
Pinbiberlo, pinbiberlobinet,
C'était tout ce qu'elle cherchait;
Pinbiberlo, etc.

C'était tout ce qu'elle cherchait;
Pinbiberlo, pinbiberlobinet,
Plus doucement elle marchait,
Pinbiberlo, etc.

Plus doucement elle marchait;
Pinbiberlo, pinbiberlobinet,
Plus aussi Pierrot s'approchait;
Pinbiberlo, etc.

Plus aussi Pierrot s'approchait;
Pinbiberlo, pinbiberlobinet,
Déjà dans le bois elle entrait,
Pinbiberlo, etc.

Déjà dans le bois elle entrait,
Pinbiberlo, pinbiberlobinet,
    A des soupirs son cœur s'ouvrait,
Pinbiberlo, etc.

A des soupirs son cœur s'ouvrait.
Pinbiberlo, pinbiberlobinet,
    « Ah! c'est Pierrot qu'il me faudrait! »
Pinbiberlo, etc.

    « Ah! c'est Pierrot qu'il me faudrait! »
Pinbiberlo, pinbiberlobinet,
    A l'instant même il accourait.
Pinbiberlo, etc.

    A l'instant même il accourait;
Pinbiberlo, pinbiberlobinet;
    Il fit ce qu'elle désirait, Pinbiberlo, etc.

    Il fit ce qu'elle désirait;
Pinbiberlo, pinbiberlobinet.
    Et qui de nous ne le ferait? Pinbiberlo, etc.

    Et qui de nous ne le ferait,
Pinbiberlo, pinbiberlobinet,
    Si tel bonheur il rencontrait?
Pinbiberlo, pinbiberlobinet.

~~~~~~

JE NE VEUX PAS RIRE.

Un jeune berger, l'autre jour,
Plus beau que n'est le dieu d'amour,
   S'en vint tout bas me dire :
  « La belle, voulez-vous rire ? »
Non, non, je ne veux pas rire,
    Moi,
Non, non, je ne veux pas rire.

Je m'enfonçai dans la forêt;
Mais avec moi vint le pauvret,
   Continuant de dire :
  « La belle, voulez-vous rire ? »
  Non, etc.

Grand Dieu, qu'il me parut charmant!
Que j'eus de peine en ce moment
   A me résoudre à dire :
Non, non, je ne veux pas rire.
Moi, etc.

17

Il me jeta sur le gazon ;
En vain j'appelai ma raison,
 Tâchant toujours de dire :
 Non, non, je ne veux pas rire.
 Moi, etc.

Je ne sais comment se passa
Ce joli petit moment-là ;
 Mais j'oubliai de dire :
 Non, non, je ne veux pas rire.
 Moi, etc.

Vous, qui vous en moquez tout bas,
Si vous connaissiez ses appas,
 Et ses talens pour rire,
 Vous ne pourriez pas lui dire :
 Non, non, je ne veux pas rire,
  Moi,
Non, non, je ne veux pas rire.

RONDE

Pour la fête donnée à Montgeron, à l'occasion de la fête du Roi, par M. le Maire, le 25 août 1821.

AIR : *Eh ! mais oui da.*

C'est aujourd'hui la fête
Du Roi que nous aimons ;
Chantons, à pleine tête,
Vivent tous les Bourbons !
    Eh ! mais, oui da,   } *chœur et*
Comment peut-on trouver du mal à ça. } *refrain.*

Venez sous la coudrette,
Redire la chanson,
Et que chacun répète
Vive ! vive Bourbon !
    Eh ! mais, oui da, etc.

Du soir jusqu'à l'aurore,
Disons à l'unisson :
Puisse vingt ans encore
Vivre notre Bourbon !
    Eh ! mais, oui da, etc.

Que l'écho du village
Répète nos chansons,
Et porte notre hommage
Au plus cher des Bourbons!
　　Eh ! mais, oui da , etc.

Qu'ici la gaîté brille !
Rions , buvons , dansons ,
Et chantons la famille,
Des augustes Bourbons.
　　Eh ! mais, oui da , etc.　•

Une illustre Princesse
A fait joli poupon ;
Ami,　quelle allégresse !
C'est un petit Bourbon.
　　Eh ! mais, oui da , etc.

De fleurs ornons la tête
De ce cher nourrisson ;
Pour lui que l'on s'apprête
A vider un flacon.
　　Eh ! mais, oui da ,
Comment peut-on trouver du mal à ça?

　　　　　　　　DUSAUSOIR.

NOTICE BIOGRAPHIQUE
SUR MA TANTE HURLURETTE.

AIR : *Si j'avais autant d'écus.*

Mon père avait une sœur,
Petite pour sa grosseur ;
On la nommait Hurlurette ,
 La brunette,
 Hurlurette ,
Ma tante Hurlurette.

Je suis son historien ;
Sur elle n'oublions rien ;
Et mettons sur la sellette
 La pauvrette, etc.

Sa famille la vantait ;
Mais le fait est qu'elle était
Quinteuse, avare, indiscrète
 Et coquette , etc.

Ses gens étaient aux abois ;
Aussi le premier du mois
Elle faisait maison nette, etc.

17..

Jeannette un an y resta ;
Quand Jeannette la quitta,
Elle avait fait de Jeannette
  Un squelette, etc.

Sur chacun elle jasait ;
Aussi d'elle l'on disait :
Du quartier c'est la trompette,
  La gazette, etc.

Malgré le bien qu'elle avait
Je sais qu'elle se servait
Deux, trois fois d'une allumette,
  Hurlurette, etc.

A sa table elle jeûnait ;
Mais en ville elle dînait
Et jouait de la fourchette, Hurlurette, etc.

A plein verre elle y buvait
Tous les vins que l'on servait,
Pour oublier sa piquette
  Aigrelette, etc.

Au dessert elle chantait ;
Le champagne l'excitait ;
Qu'elle était drôle en goguette ! etc.

Elle avait des cheveux blancs,
Et n'avouait que vingt ans,
Quand sa toilette était faite, etc.

Poulette de soixante ans,
Avec tous les jeunes gens
Elle faisait la jeunette,
　　La follette, Hurlurette, etc.

Elle méprisait l'amour,
Mais sur le déclin du jour,
Charles gagnait en cachette
　　La couchette d'Hurlurette, etc.

Elle parlait aux petits
Avec dédain et mépris;
Aux grands faisait la courbette, etc.

Elle fut conséquemment
Libérale éminemment;
Même un peu jacobinette, etc.

Si d'épitaphe il s'agit,
Son neveu mettra : *Ci gît*
Qui ne valait pas tripette;
　　HURLURETTE,
　　HURLURETTE,
Ma tante HURLURETTE.

~~~~~~

C' QU'EST PASSÉ N'ÉTRANGLE PAS.

AIR : *Sans mentir.*

QUE la riante Folie
Me prête son tambourin;
Je cède à la fantaisie
D'essayer un gai refrain;
Et si le censeur malin (*)
De sa verge me fouette,
Je crîrai : Trêve aux débats !
« Oublions ma chansonnette;
» C'qu'est passé n'étrangle pas ! »
   C'qu'est passé,
   C'qu'est passé,
C'qu'est passé n'étrangle pas.

D'hier à l'Hymen soumise,
Rose avançait tremblotant :
« De ta peur es-tu remise?
» Dit sa mère en l'accostant;
» Car dans un pareil instant,
» Ce qui se passe en notre âme
» Laisse un étrange embarras !

* Le cinquième vers est pour le *bis* du quatrième.

» — Oh ! maman , répond la dame ,
C'qu'est passé n'étrangle pas ! »
   C' qu'est passé ,
   C'qu'est passé , etc.

— « Boire une injure aussi forte !
— » Pour un autre il m'avait pris...
» Aussi de la bonne sorte
» Je l'ai tancé , cadédis !
— » Et son soufflet ? — Oh ! sandis !
» Un soufflet mal se digère ;
» Mais on peut , en certain cas....
— » Avaler, la chose est claire ;
   C'qu'est passé n'étrangle pas. »
   C'qu'est passé , etc.

« Au diable l'apothicaire
» Et tous ses médicamens !
» Ce drôle est un vrai corsaire ;
» Voyez, me disait Delmans ,
» Cent sous pour trois lavemens... !
» C'est m'étrangler ! — Camarade,
» Cent fois à tort tu crîras :
» Paye et ne sois plus malade ;
» C'qu'est passé n'étrangle pas ! »
   C'qu'est passé , etc.

En vain Gaspard se redresse,
Car chacun lui jette au front
Que, l'an dernier, sans l'adresse
De trois témoins de Domfront,
Qui lui sauvèrent l'affront,
En public, et Dieu sait comme,
Il aurait sauté le pas...
— « Marchez, répond l'honnête homme;
« C'qu'est passé n'étrangle pas ! »
  C'qu'est passé, etc.

 — « Draps foulés! et table mise!...
« Mes yeux ne m'ont pas trompé!
 — » Fi ! voisin, c'est la méprise
» D'un cerveau préoccupé...
 — » Non, voisin, je suis... dupé!
» Moi l'être ! oh ciel ! de colère
» Je bouillonne ! — Point d'éclats !
 — » Ouf! j'étouffe!— Eh! non, compère,
» C'qu'est passé n'étrangle pas. »
  C'qu'est passé, etc.

En dormant, pour me distraire,
Quelquefois je rêve un peu;
Or, le Roi, la nuit dernière,
Comblant mon modeste vœu,
Me passait le *Cordon bleu*...

Moi, baisant la main propice,
Je chantais, courbé tout bas :
« Ah ! Sire, Dieu vous bénisse !
» C'qu'est passé n'étrangle pas ! »
    C' qu'est passé, etc.

De ma grandeur avortée
Pour consoler mon orgueil,
Veuillez mettre à ma portée
Ce bol auquel, d'un coup d'œil,
J'ai vu chacun faire accueil...
Juste ciel ! le bol est vide !!!
Ils ont tout bu... dans ce cas,
Après un tour si perfide,
Je dis, pour mon compte... hélas !
    C'qu'est passé,
    C'qu'est passé,
C'qu'est passé n'étrangle pas.

                HIPPOLYTE-LOUIS GUÉRIN.

LES BAISERS.

AIR : *A coups d'pied , à coups d'poing.*

Baiser d'amour, cher à Cypris ,
Par l'amant doit être surpris
Toujours dans l'ombre du mystère ;
Beau chevalier, montrez-nous ça
Avec qui votre cœur voudra :

Le chevalier désigné entre dans la ronde et adresse à la
dame par lui choisie un récitatif analogue au baiser qu'il
est chargé de donner. (*)

« Femme adorée ! tu ne te repentiras point de m'avoir
accordé ce rendez-vous ; malgré le délire de ma raison , je
n'aspire qu'à t'adorer toujours et à te le dire quelquefois ;
Ah ! tant de sagesse doit recevoir son prix !.... Pioc ! »

CHOEUR.

Monsieur, vraiment,
S'en tire joliment ;
On ne saurait et mieux dire et mieux faire.

(*) Ce récitatif doit être improvisé *ad libitum;* nous n'en
avons placé un à chaque couplet que pour servir d'exemple.

Sur la joue un baiser d'ami
Ne s'applique pas à demi,
Quand l'amie est faite pour plaire ;
Beau chevalier, montrez-nous ça,
Avec qui votre cœur voudra :

« Chère Odine, votre mari est donc enfin nommé inspec-
teur-général ! Permettez-moi de vous témoigner la part
que je prends à cette heureuse nouvelle, en vous embrassant de toute mon âme.... Pioc ! »

CHOEUR.

Monsieur, vraiment,
S'en tire joliment ;
On ne saurait et mieux dire et mieux faire.

Le grave baiser conjugal
Offre encore un petit régal,
A défaut de plus douce affaire ;
Beau chevalier, montrez-nous ça,
Avec qui votre cœur voudra :

« Vous êtes injuste, ma bonne amie, de m'accuser de
froideur, je ne manquerai jamais à aucun de mes devoirs ;
et la religion, comme la loi, m'imposent celui de vous aimer
toujours.... Pioc ! »

CHOEUR.

Monsieur, vraiment,
S'en tire joliment ;
On ne saurait et mieux dire et mieux faire.

18

Baiser de grave paladin

Se prend galamment sur la main ,

Pour prix de la valeur guerrière;

Beau chevalier, montrez-nous ça,

Avec qui votre cœur voudra :

« La gloire serait dépourvue de charme , si elle n'obte-
nait le suffrage des Grâces ; le guerrier Français regarde
une faveur de la Beauté comme sa plus douce récom-
pense.... Pioc ! »

CHOEUR.

Monsieur, vraiment,

S'en tire joliment ;

On ne saurait et mieux dire et mieux faire.

De tout baiser sentimental

Un gros soupir est le signal ,

De pleurs il mouille la paupière;

Beau chevalier, montrez-nous ça,

Avec qui votre cœur voudra :

(*D'une voix entrecoupée par les sanglots.*)

« Ouf ! Char... Charlotte , l'orage des passions gronde
dans mon cœur agité.... Permets à mes larmes brûlantes
de se répandre sur ta main chaude... Ciel ! un nuage de
tendresse voile tes yeux.... C'en est fait... La rosée de ma
sensibilité féconde la sécheresse de ton indifférence...Pioc!»

CHOEUR.

Monsieur, vraiment,

S'en tire joliment ;

On ne saurait et mieux dire et mieux faire.

Baiser mystique sur le front
Se donne d'un air pubibond,
En baissant les yeux vers la terre;
Beau chevalier, montrez-nous ça,
Avec qui votre cœur voudra :

« Ravissante Esther! qui pourrait, en contemplant votre
physionomie céleste, méconnaître la puissance de la grâce!
ange de mansuétude, souffrez qu'une chaste caresse prouve
ma tendre admiration pour vos ineffables vertus!... Pioc! »

CHŒUR.

Monsieur, vraiment,
S'en tire joliment;
On ne saurait et mieux dire et mieux faire.

Baiser d'un novice amoureux
Ose à peine imprimer ses feux
Sur le gant d'une main bien chère;
Beau chevalier, montrez-nous ça,
Avec qui votre cœur voudra :

« O Mademoiselle! j'ai ramassé votre gant à la place où
vous dansiez ; un autre eût gardé ce trésor inestimable....
Je vous le rends; mais avant que vous le repreniez, dussé-je
encourir votre indignation, j'oserai porter mes lèvres sur
cette heureuse enveloppe de vos jolis doigts.... Pioc! »

CHŒUR.

Monsieur, vraiment,
S'en tire joliment;
On ne saurait et mieux dire et mieux faire.

D'un page le baiser lutin
Trop souvent est ravi soudain,
Sans nul discours préliminaire ;
Beau chevalier, montrez-nous ça,
Avec qui votre cœur voudra :

« Ah ! pardon, belle Flore, je vous ai prise pour une rose de mon jardin, que j'aime à la folie ; excusez une méprise causée par votre brillante fraicheur.... Pioc ! »

CHOEUR.

Monsieur, vraiment,
S'en tire joliment ;
On ne saurait et mieux dire et mieux faire.

DURZY.

FIN.

~~~~~~

TABLE DES RONDES.

FIN DE LA TABLE.